この素晴らしい世界に爆焔を! 2
ゆんゆんのターン

こめっこ
ニート姉ちゃんおはよう！
ご飯ちょうだい！
ぶっころりー
同じニート仲間なんだ、
困った事があったら金の事以外なら
相談に乗るからな

ゆんゆん
まったくもう。心配掛けるのは止《や》めてよね
天才と呼ばれた私が、定食屋でバイトか……
めぐみん

セシリー
我が名はめぐみん！
紅魔族随一の魔法の使い手にして、
爆裂魔法を操りし者！
（この子なんなの？　天使なの？）

ゼスタ
あなたは誰？　めぐみんとどんな関係なんですか？
友人などという
甘っちょろいものでない
事だけは確かですな

アーネス
短剣なんかで何をする気？
魔法を使えない紅魔族なんて、
これ以上にない役立たずじゃないか

めぐみんは役立たずなんか
じゃないわ！　めぐみんは、
その……、私なんかよりも凄い
魔法使いなんだからっ！

この素晴らしい世界に爆焔を！ 2

CONTENTS

口絵・本文イラスト／三嶋くろね
口絵・本文デザイン／百足屋ユウコ+ナカムラナナフシ
（ムシカゴグラフィクス）

この素晴らしい世界に祝福を！スピンオフ

この素晴らしい世界に爆焔を！2
ゆんゆんのターン

暁　なつめ

角川スニーカー文庫

18882

気になるあの町の情報を強力発信!!
“紅魔の里”不滅目録《エターナルガイド》

文・写真／あるえ

観光施設案内

魔王も怯む我らが紅魔の里には、素晴らしい観光スポットが盛りだくさん。道中、強い魔物に出会うこともあるから、気をつけてお越しくださいね。

▶願いの泉

斧を捧げると金銀を司る女神を召喚できたり、コインを投げ込むと願いが叶う聖なる泉。

▶聖剣が刺さった岩

抜いた者には強力な力が与えられると言われる、伝説の剣が刺さった岩。

▶大衆浴場『混浴温泉』

管理人が、クリエイトウォーターで水を足し、ファイアーボールを撃ち込んで温めるダイナミックなお風呂。

▶喫茶店『デッドリーポイズン』

店名もさることながら味も逸品。武器店『ゴブリン殺し』などこの里にはコアなファンが多い店がたくさんある。

ここに注目!

紅魔の里にはアークウィザードの英才教育機関が存在するの。ひょっとしたら魔王を倒す逸材がこの中からでるかもしれないね。

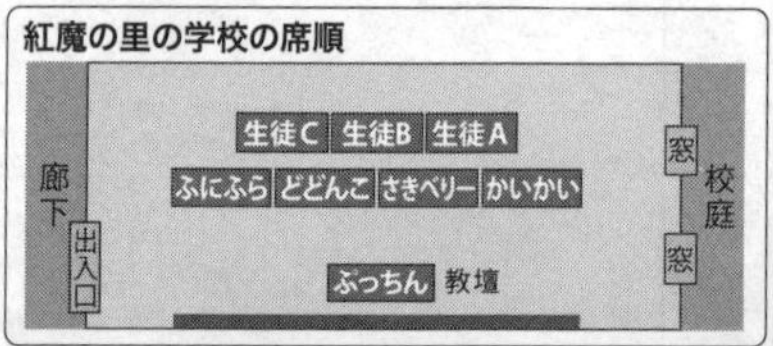

“紅魔族随一の天才”
卒業生に直撃インタビュー!

そうです。
私が“紅魔族随一の天才”です。
私が目指すのは“最強”。ちっぽけな上級魔法には興味がありません。

全てを見通す展望台
『バニルミルド』
霊峰『ドラゴンズピーク』
魔神の丘
養殖場
女神が
封じられた地
地下
格納庫
邪神の墓
謎の巨大施設
願いの泉
聖剣が刺さった岩
猫耳神社
学校
ぶっころりー宅
魔力供給施設
めぐみん宅
農業区
大衆浴場
『混浴温泉』
族長宅
集落
商業区
グリフォン像
モンスター
博物館
武器店・喫茶店

プロローグ

最近、姉離《ばな》れして一緒《いっしょ》に寝《ね》てくれなくなった妹が、今夜は珍《めずら》しく私の布団《ふとん》に入ってきた。

【――ですがその少年は言いました。『チートがあれば仲間なんて必要ない、ソロでオッケー、稼《かせ》ぎも全部俺のもんだしソロ最高！』と。確かにその少年には、ソロパーティーでも十分にやっていける力がありました……】

こめっこの目当ては絵本を読んでもらう事だったらしい。

こめっこは、我が家の非常食、ちょむすけを抱《だ》きながら、私の隣《となり》で仰向《あおむ》けに寝転《ねころ》がっていた。

「姉ちゃん、ちーとって何？」

こめっこが、若干眠《じゃっかんねむ》そうにしながら聞いてくる。

「チートとは、反則、卑怯《ひきょう》といった意味の言葉ですね。変わった名前の人達がよく使う単語だと言います。要は、超凄《ちょうすご》い力の事です」

「ほうほう」

再び話を聞く体勢になったこめっこに、私は絵本の続きを読む。

【少年はとても強く、たった一人で次々と魔王《まおう》の手先を倒《たお》していきます】

それは、とても有名な。

【少年とまともに戦っては勝ち目がないと、追い詰《つ》められた魔王は考えました。少年を倒すにはどうすればいいのだろう？　魔王は、少年がいつもソロ活動をしている事に気が付きます】

誰《だれ》もが知っているくらいに有名な、遠い昔の物語。

【魔王の城に攻《せ》め込んできた少年と相対した、魔王の幹部が言いました。『勇者がぼっちだとか超《ちょう》ウケる！　普通《ふつう》、仲間と共に力を合わせ、困難を乗り越《こ》えて魔王を倒すってのがセオリーだろ！　お前友達すらいないのに、一体何のために、誰のために戦ってんの？　もう魔王軍に降《くだ》っちゃえよ。こっちには綺麗《きれい》どころが沢山《たくさん》いるぞ？』魔王の幹部が、答えが出たらまた来るがいいと告げると、少年は大人しく帰っていきました】

やがて、眠そうに目を細めていたこめっこが、仰向けで絵本を読む私の右肩《みぎかた》に頭を乗せた。

【やがて少年は、再び魔王の城に攻め込みます。そして魔王の幹部と相対すると言いました。『俺はぼっちじゃなく、孤高《ここう》のソロプレイヤーだ。友達も、いないんじゃなく作らないんだ。仲間なんて作っても足手まといになるのは分かってる。……それに、何が綺麗どころが沢山いる、だ。俺はそんな甘言には騙《だま》されない！　魔王との取引なんて、どうせ最悪な落ちが待ってるんだろう？　俺は、人類の平和のために戦っているんだ!!　お前なんかに用はない、俺の目的は魔王の首だ！　見逃《みのが》してやる、とっとと失《う》せろ！』そうキッパリと告げ指を突《つ》き付けてくる少年に、魔王の幹部は言いました。『そのセリフも、一週間も悩《なや》んでから言わなきゃ、まだ格好良かったのに』――魔王の幹部は見逃してはもらえませんでした】

こめっこが、肩《かた》を枕《まくら》代わりにしながら静かな寝息《ねいき》を立て始める。

私は、こめっこを起こさない様にしながら、何度も読んであげた絵本に再び目を通して言った。

【猛《たけ》り狂った少年は、そのまま一人で魔王の城の最奥を目指しました。少年は、もはや誰にも止める事はできません。やがて少年は、魔王の前に辿《たど》り着きます――】

第一章

爆裂ニートの就職活動《レッツゴーレム》

1

邪神《じゃしん》の下僕騒動《そうどう》が収束してからしばらくの月日が経《た》った。

魔法《まほう》を覚えた事で学校を卒業した私とゆんゆんは、それぞれの道を歩み始めた。

あの時、中級魔法を覚えたゆんゆんは、上級魔法を習得するべく、自警団に入って暇《ひま》な大人達と共にモンスターを狩《か》る修行《しゅぎょう》の日々。

そして、私はというと――


「ニート姉ちゃんおはよう！　ご飯ちょうだい！」

「ニ、ニート姉ちゃんは止《や》めなさいこめっこ、というか、どこでニートなんて言葉を覚えてきたのですか！」

……妹にニート呼ばわりされながら、日々を無為《むい》に過ごしていた。

「良いですかこめっこ。私はニートではありません。ニートとは、働く気のないダメな人の事です。探しているのに自分に合う仕事が見つからず、働きたくても働けない私は、ニートとは言いません」

「じゃあなんて言うの？」

「…………。」

「きゅ、求職者……？」

「ニート姉ちゃんご飯ちょうだい！」

「こ、こめっこ！」

心ない妹におかしな名で呼ばれながら、私は痛む頭を押さえていた。

——ここ、紅魔《こうま》の里では、生活に必須《ひっす》とされる店を幾人《いくにん》かが営んでいる他《ほか》は、皆《みな》、紅魔の里の特産品制作の仕事に就《つ》いていた。

紅魔の里の特産品。

それは、私達の持つ高い魔力《まりょく》を活《い》かした、高品質の魔道具やポーション類《るい》。

たとえば、私やゆんゆんが気安く飲んでいたスキルアップポーションなどは、里の外に持ち出して売ると、一本数千万エリスの値が付く希少品らしい。

学校卒業と共に担任からそれを教えられ、私はなぜ一本でも残しておかなかったのかと歯ぎしりしたものだ。

紅魔族の作る魔道具は、最高品質の物が多い。

本来、アークウィザードという職業は魔法使《まほうつか》い職の上位職で、そうそう誰でもなれるものではない。

ところが、この里の者は皆、生まれついた時からアークウィザードになる素質を秘《ひ》めている。

そんな、魔法使いのエキスパート達が作る魔道具類が、この里の財政を支えていた。

——私は深々とため息を吐《つ》き。

「……今日こそは、私を雇《やと》ってくれる工房《こうぼう》があると良いのですが……」

こめっこの朝食を用意しながら呟《つぶや》いた。

2

——里を出て冒険《ぼうけん》者になり、爆裂《ばくれつ》魔法を教えてくれたあの人に会う。

それが、私の目標だったのだが……。

里を出て冒険者になるには、まず街に行く必要がある。

だが、紅魔の里周辺には、強いモンスターが数多《あまた》生息している。

爆裂魔法を放てば動けなくなる私だけでは、とても他所《よそ》の街まで辿り着けない。

そこで、転送屋と呼ばれるテレポートを生業《なりわい》としている人に頼《たの》み、街まで送ってもらおうと思ったのだが……。

「水と温泉の都、アルカンレティアへの片道切符《きっぷ》が三十万エリス。私の手持ちが四千エリス。……はあ。何か、割りの良いバイトは……」

自分の薄《うす》い財布《さいふ》の中を覗《のぞ》きながら、深々とため息を吐く。

私が行きたいのは、駆《か》け出し冒険者が集まると言われる〝アクセル〟という街だ。

しかし、弱いモンスターしか生息していない駆け出しの街なんて地は、上級魔法が扱《あつか》える強力なモンスターを狩れるのが当たり前の紅魔族にとって、特に需要《じゅよう》のある転送先ではなかったらしい。

テレポートの転送先は、事前にその場所へと出向き、登録しておかなければならないのだが、行く需要がないアクセルは、転送屋の登録先には名前がなかった。

なのでアクセルの街に行くには、最寄《もよ》りの街、アルカンレティアまで転送してもらい、そこから徒歩か馬車で向かうしかない。

そこで、まずは転送代を稼《かせ》ごうと里で仕事を探しているのだが……。

——物思いに耽《ふけ》っていると、前から歩いてくるご近所さんに気が付いた。

「やあめぐみん、今日も仕事探しか？　もう諦《あきら》めて対魔王軍遊撃《ゆうげき》部隊に入らないか？　そして、俺達やゆんゆんと一緒《いっしょ》に里の治安を守ろうじゃないか」

「い、嫌《いや》ですよ。……というか、よく内向的なあの子が入ったものですね？」

「ああ、何だか随分《ずいぶん》とやる気があるよ。何でも、今度こそちゃんと仲間を守れる様、早く上級魔法を覚えたいんだってさ」

ゆんゆんは、レッドアイ・デッドスレイヤーという団の名前を恥《は》ずかしがりながらも、上級魔法を覚えるための修行の一環《いっかん》として、このニートと共に自警団に所属していた。

ニートだけども魔法使いとしては一流のぶっころりー達に付いて回り、日夜経験値を稼いでいるらしい。

「というか、ぶっころりーは働かなくてもいいのですか？　あなたの親御《おやご》さんが嘆《なげ》いていましたよ？」

「今は親や世間の目が冷たいが、やがて俺達の力を存分に振《ふ》るえる様な、大きな戦いがきっと来る。その時に備え、俺は牙《きば》を研《と》ぎ続けるのさ」

ぶっころりーは、そう言いながら、手にはめている穴開きグローブを引き絞《しぼ》り、キュッと音を鳴らすと。

「じゃあなめぐみん。同じニート仲間なんだ、困った事があったら金の事以外なら相談に乗るからな」
「わ、私はニートではありません！　ちゃんと仕事探してますから！」
慌《あわ》てて言い返す私に背を向けて、肩越《かたご》しに手をヒラヒラさせながら立ち去っていった。
……マズい。
凄《すご》くマズい。
今の私は、こめっこの目から見ればアレと同じなのだろうか。
今日こそは、何としてでもバイトを見つけて帰らないと——
紅魔族の仕事において、魔道具作りが最も儲《もう》かる。
なので、学校を卒業してからは色んな工房に面接へと出向いていたのだが……。
「確か今日は、魔力繊維《まりょくせんい》を扱《あつか》うちぇけらの店で面接でしたか……。今日こそは……！」
私は気合いを入れるように両手で頰《ほお》を張ると、今日の面接場所へと向かった。

3

「へいらっしゃい！　我が名はちぇけら！　アークウィザードにして上級魔法を操《あやつ》る者、

紅魔族随一《ずいいち》の服屋の店主！　よく来たなめぐみん。バイトの面接だったね」

店内だというのになぜかたなびくマントを身に着け、名乗りと共に出迎《でむか》えてきたのは、里に一軒《けん》しかない服屋の店主、ちぇけら。

この中年の店主はよほど暇だったのか、マントをたなびかせるためだけに風の魔法を維《い》持《じ》し続け、私が来るのを待ち構えていた様だ。

名乗りを終え、満足げにマントを外すちぇけら。

「それじゃあ奥の工房に来てもらおうかな。ウチは、魔法の掛《か》かったローブを作るための、魔力繊維の制作を主としている。魔力繊維の強度は魔力を込める術者の力に比例する。まずは、めぐみんの魔力を見せてもらおうかな」

「了解《りょうかい》です、我が大いなる魔力を見るが良いです！」

私は工房の奥に連れられながら、胸を張って言い放つ。

魔力量にだけは自信がある。

「それじゃあ、これに魔力を込めてもらえるか。魔法は習得したんだろう？　いつも魔法を使っている感覚で、これに魔力を注いでくれればいいよ」

魔力を込めるやり方を説明しながら、ちぇけらが反物《たんもの》を差し出してきた。

実演とばかりに、反物の一つを手に取って、それに自分で魔力を込める。

最初白かったその反物は、やがて紅魔族の好む闇色《やみ》へと染まっていった。

その変化を目の当《ま》たりにした私は、好奇心《こうきしん》も相まっていそいそと反物を受け取る。

いつもの魔法の感覚で魔力を注ぐ。

いつもの魔法の感覚で………………。

「……めぐみん？　ちょっ、め、めぐみん⁉」

魔力を込める程《ほど》に気持ちが昂《たか》ぶり、自然と眼《め》に力が入る。

きっと今の私の眼は紅《あか》く輝《かがや》いている事だろう。

今日こそは何としてでも仕事を得なければと思うと気合いも入る！

私の魔力を注がれた反物は、あっという間に黒くなり、やがて赤黒く、そして、徐々《じょじょ》に
色鮮《いろあざ》やかな紅へと……！

と、ちぇけらが突然《とつぜん》、私の反物を取り上げた。

それを慌てて店の奥へと放《ほう》り投げ。

「『フリーズ・バインド』！」

一声叫《さけ》ぶと、紅く染まった反物を一瞬《いっしゅん》で氷漬《づ》けにした。

そして、青い顔のちぇけらが。

「何考えてるんだ！　店を崩壊《ほうかい》させる気かい⁉　後少しでボンッてなるところだったよ！」

「す、すいません！　い、いやでも、私は言われた通りにやっただけで……」

これはマズイ、これでは、他の工房と同じ展開に……！

ちぇけらは首を傾《かし》げながら。

「おかしいな……？　学校を卒業したてのレベルの者が、どんなに精一杯《せいいっぱい》魔力《まりょく》を込めたってこんな事にはならないはずだが……」

何かをブツブツ言いながら、小さなハンカチサイズの布を持ってくる。

「じゃあ、試《ため》しにこれに触《さわ》ってみてくれ。魔力は込めなくてもいい。人差し指を当てるだけでいいからね」

ちぇけらの言葉に、差し出されたハンカチの上にそっと指を置く。

すると、みるみるうちに黒く染まり、やがて先程と同じく真紅《しんく》に……。

「『フリーズ・バインド』！」

ちぇけらが先程の魔法《まほう》を再び唱え、紅く染まったハンカチを氷結させた。

そしてゆっくりと首を振り。

「どうやら、めぐみんは持って生まれた魔力が強すぎるらしいな。しかも、その魔力を上手《うま》くコントロールできていない様だ」

ちぇけらが、申し訳なさそうな表情でこちらを見る。

「めぐみんの父ちゃんのひょいざぶろーさんも、いつも大きな魔力を持て余して、おかしな魔道具ばかり作っていたからなあ。魔力が大きいのは仕方がないとして、めぐみんはもう少し魔法の練習をして魔力制御《せいぎょ》の精度を上げるといい。そうすれば、注入する魔力の加減を覚えるだろう。それができたならまたおいで」

私は、これで何度目になるかも分からない不採用宣告を受けた。

――店を出た私は途方《とほう》に暮れた。

他《ほか》の工房でも似た様な事を言われて一日でクビになった。

何というか、私は魔力が強すぎるらしい。

通常であればそれは喜ばしい事なのだが……。

問題は、私が爆裂魔法しか使えないため、いくら魔法の練習をしても、魔力注入の加減など分からないという事だ。

爆裂魔法の消費魔力は凄《すさ》まじく、魔法を放つ時はいつだって全力全開だ。

そこに魔力注入の加減なんてありはしない。

私を使ってくれそうな魔道具《まどうぐ》工房は、とうとうこれでゼロになった。

いっそ父の魔道具制作の手伝いでもして小遣《こづか》いをもらおうか？

いやいや、父の魔道具が欠陥《けっかん》品ばかりでまったく売れない事はよく分かっている。

唯《ただ》でさえ貧乏《びんぼう》な我が家に、私の小遣いを捻出《ねんしゅつ》する余裕《よゆう》などない。

となると、後は……。

私は、里でポーションを制作している職人の下《もと》へと足を運んだ――

「と、いう訳で。魔道具制作よりはお金にならない事は知っていたので敬遠していたのですが、背に腹は代えられずやって来ました。ポーション作りには自信があります。雇《やと》ってください」

「志望動機で嘘《うそ》を吐《つ》かず、素直《すなお》に答えてくれるのは有り難《がた》いんだが。もうちょっとこう、人助けのためにポーション道を極《きわ》めに来ましたとかないかな」

「じゃあ、それで」

「舐《な》めんな」

里でポーション制作を行っている工房《こうぼう》に押しかけた私は、店主に面接をお願いしていた。

ポーション制作なら、学校での実績がある。

流石《さすが》にスキルアップポーションなんて超《ちょう》高難易度の物は作れないが、このバイトなら私でも何とかなるはず。

店主は困った様な表情を浮《う》かべると、やがて諦めた様にため息を吐く。

「本来、ここは人手が足りてるんだが……。まあ、転送代を稼ぐまでの短期でいいって言うし、手伝ってもらおうか」

「ありがとうございます！」

やった！　欲張《よくば》らず、最初からポーション制作の工房に行けば良かった！

どうも私は、お金の事になると自分を見失うところがある。

この悪い癖《くせ》を直しておかないと、将来仲間ができた時に愛想《あいそ》を尽《つ》かされてしまいそうだ。

「それじゃあ、調合師の方はもう間に合ってるから、まずはポーションの材料の採取から頼《たの》もうかな。里の森に行って、一撃熊《いちげきぐま》を三頭ばかり狩《か》って肝《きも》を集めてきてくれ」

まだ見ぬ未来の仲間のためにも、ここは……。

「………今何て言いましたか？」

「一撃熊の肝を三つほど取ってきてくれと。ああ、そこにある、モンスターが好む香《かお》りのするポーションを持っていっていいぞ。モンスター寄せに使うといい」

ポーション屋の店主は、快活に笑いながらそんな事を言ってきた。

一撃熊は普通《ふつう》の冒険者《ぼうけん》にとっては強敵だが、上級魔法を習得して学校を卒業した紅魔族にとっては、只の経験値稼《かせ》ぎの獲物《えもの》にすぎない。

だが私にとっては、そんな相手から肝だけを採取してくるなんて不可能な訳で……。

……どうやら私は、ポーション制作のバイトもできないらしい。

——店を出た私は、いよいよ途方に暮れていた。

……困った。

実に困った。

天才と呼ばれたこの私が、まさかの無職。

というか、妹がどこからともなく得てくる食料のおこぼれを貰《もら》っている現状は、ちょっと人としてどうかというレベルだ。

ポーション屋の店主は、新薬の試飲のバイトならあるがと言ってくれた。

背に腹は代えられない、怪《あや》しげな薬だろうと体を張るべきか。

しかし、同世代の子よりもチビで、体も貧弱な自分は被験者《ひけんしゃ》になれるのだろうか。

もうどうしたらいいのか分からなくなってくるが、こんな精神状態の時には悩《なや》んでいても良い答えなど見つからない。

そう、こんな時はアレに限る。

私は今晩のアレに備え、今日はもう帰って寝《ね》る事にした。

4

──深夜。誰《だれ》もが眠《ねむ》りに就《つ》き、微《かす》かな虫の音しか聞こえない、静寂《せいじゃく》な里に爆音《ばくおん》が轟《とどろ》いた。

それからしばらくして、緊急《きんきゅう》事態を知らせる鐘《かね》の音が里中に響《ひび》き渡《わた》る。

「またかああああああ！」

「野郎《やろう》、今夜こそは逃《に》がすな！」

里のあちこちからそんな罵声《ばせい》が聞こえてきた。

夜中に起こされた里の大人達が怒《いか》りに任せ、照明代わりに空に向かって業火《ごうか》の魔法を放出している。

深夜とは思えない程の明るさで空が照らされる中、コソコソと移動する二つの影《かげ》。

「こめっこ、急ぎますよ！　痛たたたた！　こ、こめっこ！　引っ張るのは足ではなく上半身にしてください！」

そう、私達である。

「姉ちゃん、今日の花火も綺麗《きれい》だった！　また明日《あした》も見せてくれる？」

「連日は警戒《けいかい》されていそうなのですが……。まあ、気が向いたら明日もやりましょうか。……というかこめっこ、今度は上半身を引っ張るのは良いのですが、も、もうちょっと丁《てい》寧《ねい》に……！」

爆裂魔法《ばくれつまほう》を夜空に放ち、魔力を使い果たして動けなくなった私は、こめっこにズルズルと引き摺《ず》られていた。

まだ幼い妹一人の力では、無論私を引っ張っていく事などできはしない。

木製のソリみたいな物に乗せられ引かれているのだが、ソリ自体が小型なために、体の一部がはみ出てしまう。

先程は下半身側を引っ張られて頭が削《けず》れそうになったので、今は上半身を引っ張ってもらっているのだが……。

「でも急がないと人が来ちゃうよ？」

妹の言葉に、魔力を使い果たした気怠《けだる》い体で首だけを動かすと、空に魔法を打ち上げている大人達が、徐々にこちらへと近づいてきている。

こ、これはマズい！

「こめっこ、多少乱暴でもいいです！　急いでこの場からバックレますよ！」

「りょうかい！」


――現在紅魔の里では、魔王軍《まおう》による襲撃《しゅうげき》に悩まされていた。

襲撃といっても、皆《みな》が寝静《ねしず》まっている深夜に爆音を轟かせるといった嫌《いや》がらせである。

一体何が目的でそんな地味な嫌がらせをしているのか。

毎回、すぐに里周辺の山狩《やまが》りをするも、いつも逃げられてしまう。

里では、大規模な爆発跡《ばくはつあと》と常に逃げおおせる手際《てぎわ》の良さから、魔王軍の幹部クラスによるテロではないかとの見解で一致《いっち》していた。


こめっこと共に家に帰った翌朝の事。

「ちょっと出てきなさいよおおおおおお！」

まだ朝も早いというのに、そんな声と共に家のドアが叩《たた》かれる。

眠い目をこすりながら、ドアを開け。

「……何ですかゆんゆん、朝っぱらから騒々《そうぞう》しい。近所迷惑《きんじょめいわく》というものを考えて欲しいのですが」

「めぐみんがそれを言うの!?　ねえ、どの口がそんな事言うのよ！　昨夜の爆発騒《さわ》ぎの犯人捜《さが》しに、今までずっと狩り出されてたんだからね！」

夜通し働かされていたせいか、目の下に隈《くま》を作ったゆんゆんが食って掛《か》かってきた。

「そんな事を私に言われても、犯人は魔王軍の幹部クラスらしいではないですか。そんな苦情は私ではなく、その犯人に言って欲しいのですが」

私がそう言ってすっとぼけると、ゆんゆんは眉根《まゆね》を寄せ、ズイと顔を近づけてくる。

「へー。めぐみんは、ここ最近頻発《ひんぱつ》している爆発騒ぎは本気で魔王軍の仕業《しわざ》だと思ってるんだ」

「もちろんです。あれ程《ほど》の手並みともなれば、さぞや名のある幹部の仕業でしょうね。里の人達や駆《か》け出し紅魔族のゆんゆんでは荷が重いのも仕方がありませんよ」

私がしれっとそんな事を言うと、ゆんゆんがこめかみをひくつかせた。

「へー！　爆発騒ぎが起こるのは、決まってめぐみんが仕事探しに出かけて、不採用になった日の夜なんだけど、魔王軍の仕業なんだ！」

私の両肩《りょうかた》をガッと摑《つか》み、更《さら》に顔を寄せてくるゆんゆんに。

「も、もちろんですとも！　何ですか？　ひょっとしてこの私を疑っているのですか？　ゆんゆんは知っているでしょう、私が魔法《まほう》を放つと魔力切れで身動きが取れなくなる事を！」

肩《かた》を掴まれながらも何とか逃《のが》れる術《すべ》はないものかと考える私に、ゆんゆんが口元をひくつかせ。

「へえええええ！　毎度毎度、爆発騒ぎのあった夜の翌朝に限って、いつもは早起きなこめっこちゃんが起き出してこないのは偶然《ぐうぜん》なんだ!?」

くっ、これはマズい！

「な、何ですか!?　もしや本気で私を疑っているのですか!?　ガッカリですよ！　ええ、ゆんゆんにはガッカリです！　私はゆんゆんの事を友達だと思っていたのに、ゆんゆんは違《ちが》った様ですね！　友人同士なら、きっと疑ったりはしないはずですから！」

ゆんゆんは、紅《あか》い瞳《ひとみ》をギラつかせ、こめかみに青筋を立て両手で私の頭を挟《はさ》み込むと。

「友達だって言っておけば、私が何でも許すと思ったら大間違《おおまちが》いよおおおおお！」

「あああ止《や》めてください分かった分かりました、脳が、天才と呼ばれた私の脳があ！」

思い切り頭をシェイクされ、私はゆんゆんに洗いざらい白状した。

「まったく！　どうしてめぐみんはそうなのよ！　ねえバカなの？　めぐみんって、天才天才って言われてたけど、やっぱり紙一重《かみひとえ》でバカだったんでしょ？」

「むう……」

床《ゆか》に正座させられた私は、ゆんゆんに説教を受けていた。

ゆんゆんは現在自警団に所属している。

給料も出ない、名前だけのなんちゃって自警団とはいえ、こんな時には当然のごとく狩り出される。

何というか、最初の爆発騒ぎの時から私の仕業だと当たりを付けていた様だ。

「確かに今回の黒幕は私でしたが、ゆんゆんがそんな簡単に友達を疑える子だと知ってガッカリですよ」

「まだ言うの!? っていうか、最初に気付いたのが私だったから良かったけど！ もし他《ほか》の人に見つかっていたらどうなってたと思ってるの！ あれだけ周りに期待されておいて、爆裂魔法を習得したって里の人達に知られたら、めぐみんこそガッカリされるわよ！」

ゆんゆんの怒声《どせい》に私は身を竦《すく》ませた。

爆裂魔法はネタ魔法。

並大抵《なみたいてい》の者では扱《あつか》えない程の魔力《まりょく》消費量、オーバーキルもいいところな破壊力《はかい》。

習得に必要なスキルポイント量等々、このスキルを取る者は大バカ者だというのが魔法《まほう》使《つか》い達の間では常識だった。

私は正座したままで、チラッとゆんゆんの顔色をうかがいながら。

「でも、自分で言うのも何ですが。私にしては随分《ずいぶん》長い間我慢《がまん》したとは思いませんか？　爆裂魔法を習得して半年近くが経《た》っているのですよ？　いくら忍耐《にんたい》強い私でも、そろそろ我慢の限界ですよ」

「そ、そんな風に開き直られても知らないわよ！　とにかく、ほとぼりが冷めるまでは爆裂魔法の使用は禁止よ！　分かったわね！」

「前向きに善処する方向で検討させて頂きます」

「…………」

「わわ、分かりましたよ！　至近距離《きより》でそんな目で見ないでください！」

5

玄関先《げんかんさき》では何なので、ゆんゆんに家に上がってもらった。

「で？　これからどうするつもりなの？　仕事が見つからないんでしょう？」

ちゃぶ台の上で丸くなっているちょむすけを撫《な》でながら、ゆんゆんが言ってくる。

どうするつもりも何も、仕事が見つからないものは仕方がない。

「もうこうなっては背に腹は代えられませんね。最後の手段として、体を売るしかなさそうです」

そう、ポーション屋の店主が言っていた、新薬の試飲のアルバイトだ。

多少不安は残るが、こうなったら体を張って稼《かせ》ぐしかない。

「はー!? ななな、何言ってんのよっ!? ちょ、ちょっとめぐみん何言ってんの!? もっと自分を大事にしなさいよ!」

私の言葉を聞いたゆんゆんが、顔を赤くしたり青くしたりしながら大慌《おおあわ》てした。

「そうは言っても、私に残された物はこの身一つですしね。とはいえ、普通《ふつう》の子達より貧弱な体をしていますので、果たして本当に私で良いのかどうかは、もう一度聞いてみなければ分かりませんが」

日頃《ひごろ》体育をサボっていたのは伊達《だて》ではない。

身体《しんたい》能力は、クラスの中でビリだった自信がある。

被験者《ひけんしゃ》のバイトなら頑健《がんけん》な方が良いのだろうか。

それとも副作用を調べるのならば、私の様に多少は貧弱な子の方が良いのだろうか？

「だだだだ、ダメよそんなのっ！ そそ、それに貧弱な体って言ったたって、まだ13歳なんだからこれからじゃないの、諦《あきら》めるには早すぎるわよ！ めぐみんの場合は単に日頃の栄養不足なだけだと思うから！ ほら、後で牛乳でも奢《おご》るから……」

ゆんゆんが、同情する様に私を見ながら言ってくる。

でもどうして視線が胸元《むなもと》にいっているのだろう。

まあ確かにゆんゆんの言う通り、私の場合は運動不足と栄養不足のせいもあって人より貧弱なのかもしれない。

しかし、なぜ牛乳？

どうせなら、もっとお腹《なか》に溜《た》まる物の方が嬉《うれ》しいのだが……。

「とはいえ、せっかく話を持ち掛けてきてくれた事ですしね。せっかくなので、ポーションの店主のご好意に甘えようかと」

「あのおじさん、人の良さそうな顔してそんな話持ち掛けてきたの!?　許せない、貧乏《びんぼう》なめぐみんの足下《あしもと》を見てそんな事させようとするだなんて……！」

それまで大人しく座っていたゆんゆんが、突然《とつぜん》バッと立ち上がり、拳《こぶし》を握《にぎ》りしめていた。

ど、どうしたのだろう、今にも殴《なぐ》り込みに行きそうな気配だ。

確かに新薬の試飲は危険を伴《ともな》うかもしれないが、そこまで怒《おこ》る事だろうか。

何というか、そこまで本気で心配されてしまうと、若干《じやつかん》の戸惑《とまど》いと恥《は》ずかしさが。

「い、いえ、足下を見るとは言っても、店主もお金に困った私を助けようとしてくれているのですから……。確かにちょっと怖《こわ》いし緊張《きんちよう》もしますが、まあ、あの店主の腕《うで》が良いのは有名ですからね、それほど酷《ひど》い事にはならないでしょう。半日ほど目を閉じてジッとしていれば済む、楽な仕事ですよ」

「腕が良い!? 何!? あのおじさん、そんな事で有名だったの!? 奥さんは元より、子供までいるクセに信じられない!」

宥《なだ》めようとしたのに、なぜか余計にいきり立つゆんゆん。

感情を昂《たか》ぶらせたゆんゆんは、紅い瞳を鮮《あざ》やかに輝《かがや》かせている。

何だろう、どうしてこんなに怒るのだろう。

子供がいる身でありながら、よその家の子を新薬の実験に使うなと言いたいのだろうか。

「だ、大丈夫《だいじょうぶ》ですよゆんゆん、私はこの数ヶ月の間に13歳の誕生日だって迎《むか》えましたし、もう子供ではありませんから。それに、店主が言っていたのですよ、丁度私ぐらいの年齢《ねんれい》の子に試《ため》したい事がある、と……」

何でも、私達ぐらいの年齢の子がかかる病への予防薬らしいのだが。

「許さない、絶対に許さない！ めぐみんくらいの歳《とし》の子に試したい事ですって!? 私、ポーション屋を焼き討《う》ちしてくるわ！」

「待ってください！ 今日のゆんゆんはおかしいですよ、どうしたんですか、待ってください！」

6

私の肩にしがみついているちょむすけの重さを少しだけ気にしながら、私はゆんゆんと共に里の中を歩いていた。

「まったく！　以前から思っていましたが、ゆんゆんは色ボケ過ぎではないですかね！　どうして私がそんないかがわしい商売をしなくてはいけないのですか！」

「だだ、だってだって！　めぐみんが、あんな紛《まぎ》らわしい言い方をするから！」

あの後、話の食い違いに違和感《いわかん》を覚え、ようやくお互《たが》いの誤解が解けたのだが。

「だいたい、私が言っていた貧弱な体というのは、栄養不足による健康面や身体能力的な意味ですよ！　発育状態の事ではありません！　最近自分が、ちょっと育ってきたからといって上から目線ですか、まったく失礼な！」

「そう言うのなら、どうしてちゃっかり牛乳は奢らせるのよ！　私だって、ちょっとおかしいなとは思ったのよね！　貧弱な体しためぐみんに、そんな話を持ち掛《か》けてくるだなんて！」

「あっ、言いましたね！　貧弱な体とは言いますが、私の様な体型でも一部の層の人達にはちゃんと需要があるのですよ！　ゆんゆんこそ、あるえ程バインバインに育っている訳でもなく私程慎ましくもない中途半端な体のクセに、先程からは目線はイラッときます！」

「ちゅ、中途半端！　中途半端ですって!?」

先を歩いていたゆんゆんはこちらをバッと振《ふ》り返る。

「ええ中途半端ですとも！　体も中途半端なら覚えた魔法《まほう》も中途半端！　きっと男性からの需要だって中途半端……、あっ、な、何をするっ！」

「このおおおおおおお！」

涙目《なみだめ》で掴《つか》み掛かってくるゆんゆんと組み合っていると、肩《かた》からちょむすけがずり落ちた。

ちょむすけの首根っこを掴んで再び肩に乗せてやると、今度は落とされまいと爪《つめ》を立ててしがみついてくる。

そんな私とちょむすけを見て、毒気を抜《ぬ》かれたのかゆんゆんは。

「……まったくもう。心配掛けるのは止めてよね」

未《いま》だ不機嫌《ふきげん》そうな表情でそんな事を言ってくる。

「ほう、ライバルであるこの私を心配してくれていたのですか」

「えっ!?　い、いや違《ちが》っ……！　心配するっていうか、バイトが決まらない腹いせに、また爆裂魔法《ばくれつまほう》で憂《う》さ晴らしされると私が困るの！　ほら、行くわよ！」

ツンデレみたいな事を言って、ゆんゆんは私の前を歩いていく。

先程のポーション屋の件を話した後。

旅に出るためのお金がいる事、そして、どうにも仕事が見つからない事をゆんゆんに相談したところ、一緒《いっしょ》にバイトを探してくれる事になった。

何だかんだ言いながらも、ゆんゆんは面倒見《めんどうみ》の良いチョロい子だと思う。

しかし、里の工房《こうぼう》に軒並《のきな》み断られている以上、もうバイト先などないと思うのだが……。

「——ここよ！　あのお店、お昼の時間は結構混《こ》むのに、従業員は店主のおじいさん一人なのよ！　いつもお仕事大変そうだし、あそこならきっと雇《やと》ってくれるわ！　学校が休みの日とか、一人でお昼ご飯を食べるのも寂《さび》しいから、よくここのベンチで人だかりを眺《なが》めてお弁当食べてたのよ」

ゆんゆんに案内されたのは、里で人気の定食屋。

私とゆんゆんは、定食屋から少し離《はな》れた所に置かれたベンチに腰掛《こしか》け、店の様子を遠巻きに見ていた。

さりげなくゆんゆんの切ないエピソードも聞こえたが、あまり深く聞かないでおいてあげようと思う。

「うーん。確かにあの店はいつも繁盛《はんじょう》してますし、雇って貰《もら》えそうではあるのですが……」

私が言葉を濁《にご》していると、ゆんゆんが小首を傾《かし》げ。

「あそこじゃダメなの？　店主のおじいさんも優《やさ》しい人よ？　私がここのベンチで一人でお弁当食べてたら、『外は寒いし、店のテーブルで食べたらどうだい？』って……」

「切なくなってくるので止《や》めてください、というか普通にお店でご飯を頼《たの》めばいいではないですか！　……あそこの店がダメというかですね、魔道《まどう》具工房やポーション工房以外の店でのバイトだと、賃金が安いではないですか」

「そんな風に仕事の選《え》り好みしてるから、いつまで経っても見つからないのよ！　バイトしてお金貯《た》めないと旅にも出られないんでしょ!?　前に言ってた、〝ローブのお姉さん〟に会うって夢はどうなったのよ！　ほら、行くわよ！」

むう……。一理あるのだけども。

未だ渋《しぶ》る私の手を引っ張り、ゆんゆんは店の方へと向かっていった。

「——すいません。ここでアルバイトをさせて欲しいのですが」

ある程度客が減り、店主のおじいさんの手が空いた頃《ころ》。

私は、おじいさんに面接をお願いしていた。

ちなみに、あれだけ積極的だったゆんゆんはあまり知らない相手の前では萎縮《いしゅく》するらしく、結局私が自分で声を掛ける事になった。

一応私のフォローをするつもりはあるらしく、今は後ろでオドオドしている。

「お？　ひょいざぶろーの所の娘《むすめ》さんの……。めぐみんとかいったか。ウチでバイトがしたいって？　別に構わないが、魔道具工房やポーション工房みたいな給料は払《はら》えないぞ？」

「構いませんとも！　皿洗いでも何でもやります！　ぜひ雇ってください！」

天才と呼ばれた私が、定食屋でバイトか……。

本当は魔法関連のバイトをしたかったが、背に腹は代えられない。

まあ、ローブの人を探すにしても、何か手掛《てが》かりがある訳でも急ぐ訳でもなし。

ウェイトレスの様な簡単な仕事で、コツコツとお金を貯めてからでも遅《おそ》くはないだろう。

留守にしがちな両親の代わりに、普段《ふだん》からこめっこの世話をしているおかげで料理全般《ぜんぱん》は無難にこなせる。

ポーションの原料集めをやらされる事に比べれば、ウェイトレスぐらい楽勝だろう――

「じゃがいもの皮剝《かわむ》いた後はお客さんの皿下げてそれを洗った後は冷蔵室から寝《ね》かせてお

いたカモネギの肉を持ってきてくれ！」

「はい只今《ただいま》！」

そんな風に、簡単に考えていた自分がバカでした。


——時刻はお昼を回り、最も混雑する時間帯。

紅魔の里には飲食店など数える程しかない。

常連の多いこの店は、さながら戦場の様相を呈《てい》していた。

大慌《おおあわ》てでじゃがいもの皮を剝《む》き、客の皿を回収してそれらを洗う。

そんな私の隣《となり》では、なぜか、バイトする必要のないゆんゆんまでもが仕事を振られ、言われるがまま一心不乱にキャベツの千切りを作り続けていた。

「めぐみん、お客さんが来たから皿を洗う手は一旦《いったん》止めて注文を！」

「分かりました！」

忙《いそが》しさに目が回りそうだ。

新しい客の下《もと》に注文を取りに行き、すぐさま戻《もど》って皿洗いの続きを……。

「定食二人前が上がったからこれ持ってってくれ！　後、またお客さんが来てるからそっちの注文も頼む！」

「は、はい只今っ！」

　定食を客に出し、急ぎ、新しい客に注文を。

「いらっしゃいま……」

　客にスマイルを向けながら、挨拶《あいさつ》と共に注文を取ろうと——

「えーっと。どれにしよっかなあ……。……って、めぐみんじゃん！」

「あれ？　ほんとだ。めぐみんだ。こんな所でバイト始めたの？」

　……新しい客は、ふにふらとどどんこだった。

　二人は手にしていたメニューを眺めるのを止め、エプロンを着けたウェイトレス姿の私を見てニヤニヤしだす。

　何が面白《おもしろ》いのか分からないが、このクソ忙しいのにとっとと注文を決めて欲しい！

　そんな私の気持ちを知ってか知らずか、ふにふらが私の姿を上から下まで眺め回し。

「可愛《かわい》い格好してるじゃない店員さん。ふ、ふふふっ……！　めぐみんが！　あの、天才天才って言われてて、クラスでもあんまり隙《すき》を見せなかっためぐみんが、エプロン着けてスマイルしたわよっ……！　あはははははっ！」

「にこやかに挨拶したわ！　い、いらっしゃいませって言って微笑《ほほえ》んだわよ！　あはははははは！　いつもは、体育とかもほとんど誰《だれ》とも組まず、孤高《ここう》の天才気取ってたのに！

ねえもう一回スマイルして！」

…………。

「あの、お客さん、ご注文を……」

テーブルをバシバシ叩《たた》きながら私を見て笑っている二人を前にしていると、自分のこめかみがひくついてくるのが分かる。

我慢《がまん》だ、我慢するのだ。

紅魔族は、売られた喧嘩《けんか》は必ず買う。

これは紅魔族の鉄の掟《おきて》だが、ここは飲食店。

そして、今は客商売中だ。

報復するなら仕事が終わってからでもいい。

せっかく決まった仕事なのだ、ここで短気に二人をシメるのは大人げない。

何も言わない私に飽《あ》きたのか、ふにふらとどどんこはようやく注文をし始めた。

「ねえめぐみん、このお店のオススメ教えてよ」

「あっ、私も！　私は、ふにふらとは違《ちが》うオススメ料理教えて！」

オススメか。

確か、店主から言われていたオススメは……。

「今日のオススメは、季節の野菜を使った野菜炒《いた》め定食と、カモネギのネギ大盛りつゆだく定食で……」

「そう。じゃああたしは、川魚定食ね」

「私はこっちの日替《ひが》わり定食でいいや」

危《あや》うく、二人に襲《おそ》い掛《か》かるところだった。

我慢、我慢だ、我慢するのだ。

この二人には、仕事が終わったら絶対に、絶対に報復に行こう。

弟大好きなブラコンとの噂《うわさ》があるふにふらには、弟にある事ない事吹《ふ》き込んでやろう。

意外と小心者などどんこは、一人でいる時を狙《ねら》ってネチネチと絡《から》んでやろう。

そう自分に言い聞かせていると。

「からかい甲斐《がい》がないわね。まあいいわ、早く料理を持ってきてよ」

「そうね、お腹空《なかす》いたし、めぐみんをいじっててもしょうがないわね」

二人はつまらなそうにそんな事を。

よし、ちゃんと耐《た》え切れた。私だって成長するのだ。

っと、そういえばまだお金をもらっていない。

この店では、料金は前払《まえばら》い制なのだ。

「では、川魚定食七百エリス、日替わり定食六百エリスになります」

私が料金を告げると、二人は顔を見合わせ、ニヤニヤしながら。

「学生時代散々ゆんゆんにたかってきたんだし、社会に出た以上、誰かに一度くらい奢《おご》ってもバチは当たんないと思わない？」

「いいわねー！　おじさーん、お会計はめぐみんのバイト代から差っ引いといて……、ってきゃあああああ！」

「ちょっ！　あ、あたし達が悪かったからっ！　悪かったから、魔法《まほう》の詠唱《えいしょう》すんのは止めてえええっ！」

7

「短気過ぎるでしょ！　ふにふらさんやどどんこさん達も悪かったけども、まだバイトしてから一時間も経《た》ってないのに！　お店の中で魔法の詠唱とか何考えてるの⁉　今回は気付かれなかったみたいだけど、人によっては詠唱の中身を聞いただけで、爆裂魔法《ばくれつまほう》を使おうとしてるって分かるんだからね⁉　そうなったら、魔王《まおう》軍のせいにされてる爆発騒《ばくはつさわ》ぎにしたって、めぐみんが犯人だって事がすぐにバレちゃうからね！」

「分かってます、分かってますよ、反省してますとも……」

魔法を唱えようとしたところを他《ほか》の客に押さえられ、結局、あの二人には別の方法で報復した。

近くの客がおでん定食を食べていたので、それを拝借して熱々おでんを二人の口にねじ込んでやった。

二人を泣いて帰らせた後、私は当然のごとく……。

「こうもポンポンクビにされると、流石《さすが》に応《こた》えます。私に向いている仕事はないのでしょうか……」

いよいよ魔法など関係ないバイトですらクビになり、若干《じゃっかん》落ち込んでいる私にゆんゆんが。

「そ、それじゃあさ！　あの仕事なら、めぐみんにもできるんじゃない？」

そう言って、私に次のバイト先の提案をしてきた。

8

――空は厚い雲が垂れ込め、今にも雨が降りそうな気配を見せていた。

そんな中、真剣《しんけん》な表情をした三人の紅魔族《こうまぞく》が、それぞれ、杖《つえ》を手にして離《はな》れた場所に立っている。

「いくわよー！」

遠くからお姉さんが声を張り上げる。

その声に応えるように、他に散らばっている者もそれぞれ手を挙げ、合図を返した。

合図を受け、遠くから声を掛けてきたお姉さんは杖を地面に突《つ》き立てると……！

「**我が魔力《まりよく》を糧《かて》に、この地に大いなる豊穣《ほうじよう》を与《あた》えよ！**『アース・シェイカー』！」

大仰《おおぎよう》な口上と共に、大声で魔法を唱えた。

おそらくは、今の魔法に持てる全魔力を注ぎ込んだのだろう。

目の前の広大な土地全体を魔法の範囲《はんい》内に収め、お姉さんは強力な地属性の魔法を発動させた！

大地がうねり、震動《しんどう》し、脈打つように流動する。

術者の意のままに土は動き、私の前に広がっていた土地は広い範囲で耕された――！

そう、耕しただけ。

大げさな口上と共に、膨大《ぼうだい》な魔力を消費し、広い範囲を耕しただけである。

それを見届けた別の男が、大きな箱を抱《かか》えて前に出た。

抱えていた箱を地面に置くと、杖を振《ふ》り上げ真剣な顔で声高《こわだか》に叫《さけ》ぶ。

「**大気よ、風よ、荒《あ》れ狂え！　我が意のままに！　舞《ま》い上がれっ！**　『トルネード』！」

空を震《ふる》わせる程《ほど》に魔力を込められ行使された風の魔法は、箱の中身を舞い上げて、耕された大地にそれを降り注がせた。

そう、ダイナミック種蒔《たねま》きである。

豪快《ごうかい》に蒔かれた種を満足げに見つめ、一つ頷《うなず》くと最後の一人に向け合図を送った。

「**我が全能なる力はこの世の摂理《せつり》すらも曲げ、天候をもこの手に収める！**　『コントロール・オブ・ウェザー』ッ！」

気合いの声と共に、曇《くも》っていた空から雨が降り始めた。

先程から何かを焚《た》き上げていたと思ったら、雨を降らせる魔法を使っていたらしい。

……種蒔きを終えた地に水をやる様だ。

やっている事はただの農作業なのだが、それらが全《すべ》て、惜《お》しげもなく膨大な魔力を使い、強力な魔法で作業が行われていた。

——紅魔の里で消費される食料は、十名ほどの僅《わず》かな農家によってまかなわれている。

里の人口は数百人。

その数百人分の食料は、今、私の目の前に広がっている広大な農業区で、実に豪快に生産されていた。

こういうのは魔法の無駄遣《むだづか》いというヤツだと思う。

高レベルの紅魔族が魔力を振り絞《しぼ》って畑を耕しているこの姿を、国の偉《えら》い人達が見たらもったいないと言って歯嚙《はが》みするのではないだろうか。

こんな事に魔法を使っていないで、魔王軍と戦ってくれ、と。

「今日はこんなものね！　魔力もほとんど使い果たしちゃったし、私達も収穫《しゅうかく》するわよー！　それじゃあ、バイトさん達も頼《たの》むわ！」

最初に魔法を使ったお姉さんが、私達の方を見ながら言ってきた。

ゆんゆんが言っていたあの仕事とは、野菜の収穫だったのだ。

魔法で耕したりだの水をやったりだのはできても、流石に野菜の収穫は人の手で行わなければならなかった。

魔力をほとんど使い果たした農家の人達と共に、私とゆんゆんもお手伝いをする。

ゆんゆんは、向こうの畑で活《い》きの良いじゃがいもに集団で抵抗《ていこう》され苦戦している様だ。

小粒《こつぶ》なじゃがいもに散々フェイントを掛けられたところを、膝《ひざ》の後ろに他のじゃがいもから体当たりをされて転んでいる。

野菜にバカにされて頭にきたのか、銀色の短剣《たんけん》を抜《ぬ》いて脅《おど》すゆんゆんを横目で見ながら、私は自分の担当とされたネギ畑で収穫に取り掛かった。

鎌《かま》を手にして最初のネギの傍《そば》にしゃがみ込み、刃《は》を当てようとするとヒョイッと身を躱《かわ》された。

今年の野菜は随分《ずいぶん》と出来が良さそうだ。

気を取り直し、今度は左手でしっかりとネギの根元を掴《つか》んで、鎌を当てようとすると……。

――ビスッと、ネギに顔面を叩かれた。

………………。

「ねえ二人とも、大事な商品なんだから、あまり傷つけないように収穫してね？」

野菜相手に、大人げなく本気で喧嘩をする私達に、お姉さんから注意が飛んだ。

――数時間もの間、野菜相手に悪戦苦闘《あくせんくとう》した私達は、ようやく受け持った畑の収穫を終えた。

……農家の仕事も大変だ。

朝は早く、害虫や害獣《がいじゅう》と戦闘《せんとう》を繰《く》り広げ、そして収穫の時期にもまた戦わなければならない。

農家の人達が、紅魔族の中でも特に高レベルの人が多いのにも頷けた。

「ご苦労様！　二人とも、初日の割に良い動きしてたわね。はい、お給料！　良かったら明日《あした》もお願いね！」

お姉さんから今日のバイト代を受け取ると、泥《どろ》に塗《まみ》れて汚《よご》れた体を引きずりながら、ゆんゆんと共に家へと帰る。

何だかんだで時刻はもう夕方だった。

朝、家を出る時にこめっこの朝食とお昼は用意してきたが、そろそろお腹を空《す》かせている頃《ころ》だろう。

「うっ、うっ……。私、しばらくじゃがいもを見たくもない……。どうして膝ばかり狙ってくるのよ……。モンスターよりも知恵《ちえ》が回る野菜なんて嫌《きら》いよ……！」

じゃがいもに何度も転がされていたゆんゆんが、泥に塗れた頬《ほお》を袖《そで》で拭《ぬぐ》って泣いている。

「おかげでレベルも上がりましたし、まあ良いではないですか……。しかし、農家がこんなに大変な仕事だとは思いませんでした……」

私もゆんゆんもレベルが上がった。

野菜の収穫でレベルが上がるというのも何だか微妙《びみょう》な気持ちだが、それだけ今年の野菜は活きが良く、強敵だったという事だ。

今日の給料は四千エリス。

数時間のバイトにしては高い方だろう。

……しかし、目標の三十万エリスには程遠い。

それに、野菜の収穫のバイトが何ヶ月もの間ある訳でもない。

私は思わず、ため息と共に呟《つぶや》いた。

「……本当に体でも売ってしまいたくなりますね……」

「ちょっ⁉」

ゆんゆんの声を聞きながら、今日一日を振り返る。

ふにふら達に喧嘩《けんか》を売られたり、ネギに喧嘩を売られたりと散々だったが……。

こんな時は、スカッと爆裂魔法を放ってスッキリしたい。

でも、今晩も続けて騒《さわ》ぎを起こしたなら、流石にゆんゆんが怒《おこ》るだろうなあ……。

そんな事を考えながらゆんゆんと共に家へと向かっていると、私はふと気がついた。

いつもは、魔力を使い果たして動けない体をこめっこに引っ張ってもらっている。

私が里の中で魔法を放つのは、こめっこを連れて危険な里の外にまで行けないからだ。

だが今は……。

「ゆんゆん、頼《たよ》りがいがあるあなたに、ちょっとお願いがあるのですが」

「た、頼りがい？　どうしたのよめぐみん。常に自分が一番だと思ってるから、人を素直《すなお》に褒《ほ》める事ができないあなたが珍《めずら》しいわね」

私は皆《みんな》からそんな風に受け取られていたのか。

「……私だってたまには人を褒めますよ。お礼だって言えますよ。今日はバイトに付き合ってくれてどうもです！」

「い、いいけど……。それで？　何よお願いって」

褒められて照れたのか、頬を赤く染めて小首を傾《かし》げるゆんゆんに。

「今から私に付き合って欲しいのです。ちょっとそこまで、デートでもしませんか？」

私はそう言って笑いかけた。

9

「ああああああっ！　バカバカ、私のバカ！　めぐみんがバカなのは分かってたけど、今の私はそれに輪を掛《か》けて大バカ者だわ！」

里から少し離れた森の中、ゆんゆんが目に涙《なみだ》を浮《う》かべて叫んでいた。

「変に賢《かしこ》い子よりも、少しくらいおバカな子の方が愛嬌《あいきょう》があって良いらしいですよ？」

「うるさいわね黙《だま》ってて！　ああもう、めぐみん、もっとしっかり摑まってよ！　でないと落ちちゃうからね！」

森の中を駆《か》けるゆんゆん。

その背には、もちろん私が背負われていた。

「ゆんゆんの背中って、結構広いんですね。頼りがいのある背中だと思います」

「ちょっと！　女の子に言う事じゃないでしょ!?　失礼な事言ってると置いてくわよ！」

背後からは、怒《いか》りに燃えた、真っ赤な鱗《うろこ》を持つトカゲ型のモンスターが迫《せま》ってきている。

私が放った爆裂魔法《ばくれつまほう》の余波で吹《ふ》き飛ばされた事で、頭に血が上っているらしい。

「里で魔法を使われるよりは良いかと思った私がバカだった！　数十分前の私を叱《しか》ってやりたい！」

「そんなに自分を責めるものではないですよゆんゆん。人の頼みを断らないあなたは、とっても魅力《みりよく》的だと思います」

「本当に置いてくわよ！　あああああ、お母さーん！」

——ゆんゆんがいれば、おぶって連れて帰ってもらえる。

そう思い、爆裂魔法を撃《う》つのに付き添《そ》ってもらったのだが、魔法を放った場所が悪かったのか、昼寝《ひるね》をしていたファイアードレイクを巻き込み、吹き飛ばしてしまった。

そして現在、こんな事態に陥《おちい》っている訳なのだが……。

魔力《まりよく》を使い果たして動けない私を背負い、泣きながら森を疾走《しつそう》するゆんゆんは、私を背負っているにも拘《かか》わらずしっかりした足取りだった。

流石《さすが》は文武両道の優等生だ。

「私、たまにゆんゆんが男の子だったらなと思う時があります。いざという時は頼りになるし、何だかんだ文句を言いながらも、いつもワガママを聞いてくれますしね」

「あんたいい加減にしなさいよ！　どっちかって言うと、そっちの方が男の子っぽいでしょう！　髪《かみ》だって短いし発育だって……いたたたた！　ちょっとこんな時に髪引っ張るのは止《や》めて！」

発育云々《うんぬん》を口に出され、思わず髪を引っ張る私に対してゆんゆんが悲鳴を上げた。

それでバランスを崩《くず》したのか、ゆんゆんは木の根につまずきすっ転んだ。

当然背負われたままの私も放《ほう》り出される。

肩《かた》に爪《つめ》を立ててしがみついていたちょむすけは、こんな時だけサッと身軽に飛び降り事なきを得ていた。

「いたたた……、この非常時にめぐみんがバカな事するから！」

「何を言うのですか、先に私の身体的特徴《とくちょう》を持ち出したのはゆんゆんの方で……！　あ、追いついてきたので早くおんぶをお願いします」

「……ねえ、本当に置いていってもいい？」

呆《あき》れるゆんゆんが私を背負うか悩《なや》む中、怒りに燃えたトカゲに追いつかれてしまった。

「これはマズいですね。ゆんゆん、覚悟《かくご》を決めてください、ここで迎《むか》え討《う》ちますよ！　相手は一匹《びき》で、しかも強敵ばかりの里周辺のモンスターの中で、一番弱いと言われるファイアードレイクです！　炎《ほのお》のブレスにさえ気を付ければ、今のゆんゆんなら勝てるはずです！」

「勝てるかもしれないけどさ！　めぐみん、地面にうつ伏《ぶ》せのままそんなセリフを吐《は》いても凄《すご》く格好悪いわよ！」

腰《こし》の短剣を抜き放ち、ゆんゆんがトカゲことファイアードレイクと対峙《たいじ》する。

私は戦いを見届けるべく、何とか体を転がして仰向《あおむ》けの状態になった。

転がった先の木の根が丁度枕《まくら》の様になり、何とか戦闘の様子を見る事ができた。

ファイアードレイクと呼ばれるこの大型の爬虫類《はちゆうるい》は、四本の足で這《は》う様に移動する。

低い位置からゆんゆんを見上げ、チロチロと赤い舌を覗《のぞ》かせて威嚇《いかく》を……。

いや、舌ではない。

ファイアードレイクの名の通り、このトカゲは炎のブレスを吐くのだが、威嚇する様に覗かせているのは小さな炎だった。

「追いついたというのにすぐには襲《おそ》ってこないところを見るに……。フッ、ゆんゆん、敵はこちらを恐《おそ》れている様ですよ」

「こちらをっていうか、私を警戒《けいかい》してるんでしょうよ！　でも私の足下《あしもと》には、爆裂魔法で吹き飛ばしてくれた憎《にく》い相手が無防備な状態で転がってるから、きっと諦《あきら》めきれないんでしょうね！」

ゆんゆんがトカゲを睨《にら》みつけながら言ってくる。

と、お腹《なか》の上に重みを感じてそちらを見ると、ちょむすけがのんびりとした足取りで私の上に乗り丸くなった。

「……こんな時だというのに、この子はまた随分と余裕《よゆう》ですね」

「どこかの飼い主に似たんじゃないかしらねっ！」

ジリジリと距離《きょり》を詰《つ》めてくるファイアードレイクから目を逸《そ》らさずに、ゆんゆんは短剣を片手に持ち替《か》え、もう片方の手を前に突《つ》き出す。

トカゲとの距離はもう四メートルといったところ。

いつでも飛び掛かって来られる距離だ。

「『フリーズガスト』ッ！」

ゆんゆんが叫《さけ》ぶと同時、トカゲを取り巻く空気が白く霞《かす》む。

冷気を伴《ともな》った霧《きり》を発生させる中級魔法を使ったらしい。

トカゲの赤い表皮に霜《しも》が降り、赤い鱗を真っ白に染め上げていく。

先程《さきほど》までブンブンと振《ふ》っていた尻尾《しっぽ》の動きが、徐々《じょじょ》に速度を落としていった。

爬虫類系のモンスターは冷気に弱い。

なぜだかは解明されていないが、爬虫類系のモンスターに氷結系の魔法を掛けると、動きが鈍《にぶ》るというのは魔法使《まほうつか》いの間では常識だ。

だがトカゲは、霜に包まれ動きを遅《おそ》くしながらも、こちらに近づいてくるのを止めようとはしない。

それを見たゆんゆんは、トドメを刺《さ》そうと別の魔法を唱えようとして……。表皮に霜の降りたトカゲの後ろから、新手のトカゲ二匹《ひき》が現れた事に気がついた。

「ほう、我々には勝てないと踏《ふ》んで新手を呼んだのでしょうか。私とゆんゆん、ちょむすけと、数的には互角《ごかく》になりましたが……。私が出るまでもないようですね。ゆんゆん、やってしまってください」

「寝転《ねころ》がりながら何言ってんのよ！　逃《に》げるわよ！　一匹だけならともかく、動けないめぐみんを庇《かば》いながらじゃ、三匹を相手だなんて無理よ……！　『フリーズガスト』！　『フリーズガスト』ッ！　……めぐみん、このまま逃げるわよ！　これだけ遅くなれば、めぐみんを背負ったままでも逃げ切れる！」

他《ほか》の二匹にも魔法を掛けたゆんゆんは、トカゲ達からジリジリと後ずさり、私の腕《うで》を取って肩を貸す。

ちょむすけが、落とされまいと私のローブに爪を立ててしがみつく中、私を背負い直したゆんゆんは、トカゲに背を向け……。

駆け出そうとしたその時、トカゲが盛大に炎を吐いた！

「熱っ！　熱いですゆんゆん、熱いです！　ひょ、氷結を！　氷結魔法をくださいっ！

私の背中が燃えてませんかっ!?」

「だ、大丈夫《だいじょうぶ》よ！　ちょっとローブの端《はし》が焦《こ》げてるみたいだけど！　逃げるわよっ！」

私を背負って駆け出すゆんゆんに、逃げられると悟《さと》ったトカゲが再び炎を吐きかける。

だが、その炎はゆんゆんには届かず、背負われている私の背中に……！

「あああああっ！　ちょっ、ゆんゆん、背中が背中が！」

「暴れないで！　また転ぶでしょう！　もう少し離《はな》れれば大丈夫だからっ！」

熱さで暴れる私を背負い直し、ゆんゆんは後ろも見ずに言ってきた。

「ゆ、ゆんゆん！　来てます来てます、また新手が現れました！　これは本当にシャレになっていないです！　逃げましょう、早く逃げましょう！」

「分かったから！　そんなに強くしがみつかないで、走りづらいから！　ああもうっ！

二度とこんな事には付き合わないからーっ！」

10

何とかトカゲ達から逃げおおせた私達が戻《もど》ると、爆裂魔法の音を聞きつけたのか、里ではちょっとした騒《さわ》ぎになっていた。

森の中程度の距離ではまだ甘かったらしい。

「おっ！　めぐみん、ゆんゆん、大丈夫か!?　どうしたんだよその格好は。一体何があったんだ？」

自称《じしょう》自警団として、里の周囲を警戒していたぶっころりーが私達を見つけ、あちこち焦げた姿を見て尋《たず》ねてくる。

普段《ふだん》から私服代わりに使っていた学校の制服が、トカゲのせいで焦がされ、すっかりボロボロになってしまった。

これからどうしたものか。まともな服はこれぐらいしかないのだが……。

「ええっと、私達はその……」

私を背負ったゆんゆんが、どう言い訳しようか口ごもる。

そんなゆんゆんの背中から降り、肩を貸してもらいながら……。

「私達が森の中でモンスター相手にレベル上げをしていたところ、噂《うわさ》の爆裂魔《ばくれつま》に遭遇《そうぐう》したのですよ」

「「ええっ!?」」

驚《おどろ》きの声を上げるぶっころりー。

「って、どうしてゆんゆんまで驚くんだ？」

「い、いえ別にっ⁉」

ぶっころりーと共に驚きの声を上げたゆんゆんが、慌《あわ》てて小さく首を振る。

「例の爆裂魔は、噂に違《たが》わぬ相手でした。あれは間違《まちが》いなく魔王《まおう》軍の幹部でしょうね。私とゆんゆんは、爆裂魔と死闘《しとう》を繰《く》り広げ、激戦の果てに相手に逃げられ、こうして帰ってきた訳です」

「なんと！　……ああ、だからめぐみんは魔力を使い果たしたみたいにグッタリしているのか……！　天才と呼ばれ、魔力も高いめぐみんがそんなになるだなんて、相当のヤツだったみたいだな！」

「まあそうですね。アレは……。ええ、きっと悪魔《あくま》族ではないでしょうかね！　こう、ムチムチした体で角を生やした女悪魔でした！」

「よ、よくそんな大嘘《おおうそ》を……！」

肩を貸したままのゆんゆんが、私の耳元で囁《ささや》く。

だがこれで、今後多少の爆裂騒《さわ》ぎを起こしても、架空《かくう》の女悪魔の仕業《しわざ》とされるだろう。

一張羅《いっちょうら》の制服はダメにされたが、いかにも激戦の後っぽいので信憑性《しんぴょうせい》も抜群《ばつぐん》だ。

「しかし、よく無事で帰ってきたな二人とも。後は俺達に任せておけばいい、二人は家に帰って早く休むといいよ」

「そうですね。……あ、森の中で表皮に霜の降りたファイアードレイクに出会ったら、退治しておいてください。非常に凶暴《きょうぼう》な個体だったので、そのままにしておくと厄介《やっかい》なヤツですから！」

「あ、ああ、そうか……。わ、分かった、見つけたら退治しておくよ」

「しかし、あの爆裂魔は強敵です、くれぐれも油断などしない様にしてくださいね」

制服をダメにされた事への報復をお願いし、ぶっころりーに一応の注意を促《うなが》す。

そんな相手はいないのだが。

「ああ、分かった。……ところで、さっきから言ってるのは爆裂魔じゃなくて爆発魔《ばくはつま》だろ？　爆裂魔って名前だと、まるで、相手が爆裂魔法使《まほうつか》いみたいじゃないか」

「い、いえ……。その、先程の戦闘《せんとう》で相手が最後に使ったのが、爆裂魔法だったもので……

……！」

私の言い訳に、ぶっころりーが笑い出した。

「爆裂魔法!?　ははははっ、何考えてるんだよそいつは！　魔王軍の幹部がそんなネタ魔法を習得してるのか！　まあ、寿命《じゅみょう》なんかとは無縁《むえん》のリッチーや悪魔なんかは、スキルポイントを持て余して、遊びで爆裂魔法を取ったりするって聞くが……。それにしても、爆裂魔法はないよなー！」

「で、ですよねー」

ぶっころりーに相槌《あいづち》を打ちながら口元がヒクヒクしてしまうのを何とか抑《おさ》え、隣《となり》で肩《かた》を震《ふる》わせ笑いを堪《こら》えているゆんゆんに。

「ほ、ほらっ、行きますよゆんゆん！　家ではこめっこがお腹を空《す》かせている頃《ころ》です！」

そう言って、ゆんゆんを急《せ》かしながらそそくさとその場を後にした。


「はあ、何だか今日は凄く疲《つか》れたわ……。しばらくは爆裂魔法の使用は禁止だからね？」

「……しばらくとはいつぐらいでしょうか。明後日《あさって》ぐらい？」

「しばらくって言ったらしばらくよ！　明後日なんて早過ぎるでしょ！」

「そ、そんな事言われても、私は毎日爆裂魔法を唱えないと死ぬんですが……」

「それ以上バカな事を言うなら首絞《し》めるわよ！」


——ゆんゆんに連れられて、ようやく家の玄関《げんかん》に辿《たど》り着いた私は、そんな説教を食《く》らいながら玄関先《さき》に座り込んだ。

魔力《まりょく》切れのせいもあるが、今日はもうこのまましばらく動きたくない。

ゆんゆんも早く帰って休みたいのか、それ以上の文句は言ってこなかった。

その代わり、何やら指先をモジモジさせながら小さな声で。

「じゃあね、めぐみん。……ていうか。あ、明日《あした》も、その……」

「ええ。明日も、バイト探しとお手伝いをお願いします。私一人では野菜の収穫《しゅうかく》は手こずりますしね」

その言葉にゆんゆんは、表情を輝《かがや》かせて満足そうに頷《うなず》くと帰っていった。

本当に、あんなにチョロくて大丈夫なのかといよいよ将来が心配になる。

私は玄関先に腰《こし》を下ろしたまま、家の奥に向け声を張り上げた。

「こめっこー！　姉が帰りましたよー！」

それを聞きつけ、こめっこがドタバタと駆《か》けてくる。

「ニート姉ちゃんお帰り！　早くご飯食べよう！」

「こ、こめっこ、そのニートというのは……。というか、姉はもうニートではありません。今日だってちゃんと働いてきたのですよ。という訳で、労働して疲れ、見ての通り汚《よご》れたので、お風呂《ふろ》に入りたいのです。ちょっとお風呂を沸《わ》かしてきてはもらえませんか？」

「分かった！」

元気が有り余っているのか、こめっこは風呂を沸かしに走っていった。

家のお風呂は魔力点火式のお風呂だ。

他の街では高級品な魔道具《まどうぐ》だが、この里では一般《いっぱん》的な家庭の標準装備。

使用の際にはそれなりの魔力が必要だが、妹は事もなげに使用ができる。

あの子には、もしかしたら私以上の才能があるのかもしれない。

そんな事を考えながら、だらしなく玄関先の廊下《ろうか》に寝《ね》そべると、肩のちょむすけが、そこが定位置だとばかりに私のお腹《なか》に移動してくる。

コイツは最近、どんどんふてぶてしくなってきた気がする。

……と、そんなちょむすけの頭をウリウリと撫《な》で回していると。

「夜分、失礼致《いた》します。どなたかいらっしゃいませんか？」

ドアの外から、ノックの音と共に女性の声が聞こえてきた。

聞き覚えのない声だ。

「開いてますのでどうぞ？」

ドアの外に声を掛《か》けると、ゆっくりと玄関のドアが開かれる。

私は上体を起こし、声の主に目をやった。

そこにいたのは、歳《とし》の頃は二十代半ばぐらいだろうか？

長い旅を経《へ》てきた後の様にあちこち汚れ、冒険《ぼうけん》者、それも魔法使《まほうつか》いの様な格好をした、赤髪《あかがみ》の美女が立っていた。
その女性は私の方を真っ直《す》ぐ見つめ、その視線を徐々《じょじょ》に落とし――
お腹の上で丸くなっているちょむすけを見ると、突然《とつぜん》その場に跪《ひざまず》いた。
頭を下げた事で赤い髪がサラリと落ちて、その表情を見えなくする。
髪で顔が隠《かく》れているため、今どんな表情をしているのかが分からないが……。
女性は、感極《きわ》まった様に声を震わせ呟《つぶや》いた。
「長い旅を経て、ようやく探し出しました！　偉大《いだい》なる我が主《あるじ》――！」

幕間劇場【序幕】

――アクア様、逃がしません！――

水と温泉の都、アルカンレティア。

その街の奥に佇《たたず》む大聖堂。

アクシズ教徒以外は誰《だれ》も寄りつかない、この場所に――

「今日はどうされましたか？　アクシズ教団への入信ですか？　それともナンパですか？　結構イケメンですし、ご飯くらいならご一緒《いっしょ》しても構いませんが。でも安い女だと思わないでくださいね、ご飯だけですよ？」

「いえ、ナンパじゃありませんよ。このアクシズ教団に、回復魔法を使える仲間を探しに来たんです。僕と一緒に魔王を倒《たお》してくれる仲間をね」

そんな、変わった事を言う少年が現れた。

「斬新《ざんしん》なナンパですね。近所にオススメの喫茶店《きっさてん》があるので、そこで詳《くわ》しいお話を聞きましょうか。あ、私はアクシズ教団の美人プリースト、セシリーと申します」

「あ、あの、セシリーさん？　だから、ナンパではなくて……」

と、イケメンの少年が腰に何かを下げているのに気が付いた。

「あら、腰にぶら下げているのは魔剣《まけん》かしら。……魔剣を持っているって事は、ひょっとして腕利《うでき》きの冒険者さん？　という事はリッチマンかしら。……お姉さんの好物はところてんスライムよ。あの、とろとろでプニプニした美味《おい》しい奴《やつ》ね」

「い、いえあの……。僕は、ここに仲間を」

「ちなみに好みのタイプは年下の美少年。美少女も好きなんだけどね？　というかあなた、美少年なうえに魔剣持ちの腕利き冒険者なとこが、更《さら》にポイント高いわよ」

「……す、すいません、その、色々と間違《まちが》えまし……⁉　セ、セシリーさん⁉　この手を離《はな》してもらえませんか⁉」

なぜか私から逃《のが》れようとする魔剣持ちの少年は。

「私の事は、気軽にセシリーお姉ちゃんって呼んでくれてもいいわよ！」

「すいません、今日のところはこれで……。セ、セシリーさん、離してください！　その、ところてんスライムを買うお金なら差し上げますから！」

言いながら、幾分《いくぶん》引いた表情で、マントを掴《つか》む私の手を引き剝《は》がそうとしていた。

「魔剣持ちのイケメン冒険者なんて、簡単には逃がさないわよ！　一昨日《おととい》ところてんスライムの粉を買い占《し》めたから、もうお金が無いの！　だってしょうがないじゃないの！　期間限定ウニ風グレープ味が売ってたんだもの！　もう、毎日毎日ところてんスライムばかりなの、好物とはいえ飽《あ》きるのよ！　そろそろ固い物が食べたいの！　教団のプリーストになると、毎月お給料がもらえる代わりに、教会の賄《まかな》いがなくなるの！」

「分かりました！　分かりましたからベルトを引っ張るのは止《や》めてください！　脱《ぬ》げますからっ！　ズボンが脱げ……！」

慌《あわ》てた少年は、表に逃げられない様にズボンを下ろそうとする私の手を掴む。

だが少年は、そのまま逃げ出すでもなく振《ふ》り払《はら》うでもなく、激しい抵抗《ていこう》は見せなかった。

「ふふっ、口ではそんな事言いながら、体は随分《ずいぶん》正直ね！　抵抗がなくなってきたじゃないの！」

「こ、紅魔の里の凄腕占《すごうでうらな》い師《し》さんに、『これからあなたが出会うであろうアクシズ教のプリーストは、やがてこの世界の運命を左右しかねない大切な存在となります。あなたは、何があってもその人を守りなさい』なんて事を言われてなきゃ、多少強引《ごういん》にでも逃げ出してますよ！」

「……紅魔の里の占い師に言われたの？　これから会う美人プリーストが、あなたにとって大切な存在になるって？　何があってもその人を守りなさいって？」

「い、いえ、細部がちょっと違《ちが》うんですが……。美人プリーストだとか、僕にとって大切な存在だとか、そんな話は……」

私は少年の手を両手で掴む。

逃がさない。

絶対に逃がさない。

「あ、あの、セシリーさん、聞いてますか？　そもそも、これから会うアクシズ教のプリーストってだけで、それがあなただとは限りませんし……」

「ああっ、アクア様！　金欠で困っていたところにお金持ってそうな美少年を遣《つか》わしてくださるだなんて！　私、私、幸せになります！　この美少年に甘やかされながら、ずっと養ってもらいます！」

それを聞き私の手を振り払って逃げ出した少年を、私は全力で追い掛けた。

——アクア様。私、逃がしません！

第二章 赤髪の我が下僕《サーヴァント》

1

深々と頭を下げたその人は、肩《かた》を震《ふる》わせ俯《うつむ》いたまま顔を上げない。

この人は今、私に向けて『偉大なる我が主』と言ってきた。

何だろう、一体何を言っているのだろう。

だが、これだけ感極まっている相手にどちら様ですかと尋《たず》ねるのも可哀想《かわいそう》だ。

それに、正直言って気分は良い。ここは話を合わせてあげよう。


「とうとう迎《むか》えが来ましたか……」


私の静かな呟きに、その女の人は顔を上げた。

キツめな印象の綺麗《きれい》な顔立ち。

赤い髪の間からは、猫《ねこ》科の猛獣《もうじゅう》の様な黄色い瞳《ひとみ》が覗《のぞ》いている。

私を見ながらキョトンとした表情を浮《う》かべたその人は、ちょっと小首を傾《かし》げた後。

「……貴方《あなた》様の封印《ふういん》が解かれたと知り、はるばるこの地へやって参りました。封印が解けたばかりで、未《いま》だ記憶《きおく》が戻《もど》られていないかと思われますが……。貴方様の忠臣アーネス。ここに参上致《いた》しました。これからは、貴方様の手となり足となり、この命を賭《と》してお守りする所存でございます」

アーネスと名乗ったその人は、そう言って再び深々と頭を下げた。

――私の封印が解かれた。

何の事だかちっとも記憶にないが、この忠臣が言うには、封印が解けたばかりで記憶にないのはしょうがないらしい。

私は何者なのだろう。

いや、薄々《うすうす》感づいてはいたのだ。

私は、他《ほか》の人とは違う、と。

常人ではあり得ない程《ほど》の魔力《まりょく》。

そして、孤高《ここう》の天才と讃《たた》えられる我が頭脳。

……今ここに、全《すべ》ての疑問が解けた。

アーネスと名乗った忠実なる我が配下は、見るからに只者《ただもの》ではない。

何かを隠《かく》すかのように目深《まぶか》に被《かぶ》ったフード。

その隙間《すきま》から覗く眼光と立ち振《ふ》る舞《ま》いから、相当な使い手だと思われた。

「……ここまで来るのに随分と苦労を掛《か》けたみたいですね。これからよろしくお願いしますねアーネス」

「はい、どなたかは存じませんが、我が主《あるじ》の事は、これからは私にお任せを」

…………。

「私が、封印されていたあなたの主ではないのですか？」

「ち、違いますよ。あなたは、何者かに封印される理由でもあるのですか？」

もちろん、そんな事に心当たりはないが……。

「では、迎えに来たと言うのは……」

「あなたのお腹《なか》の上で、丸くなって寝《ね》ておられる御方《おかた》ですが」

……なあんだ。

「この毛玉とはもう半年以上もの付き合いで、情だってあります。今更迎《いまさらむか》えに来たと言われても困るのですが」

「偉大《いだい》なる我が主を毛玉呼ばわりしておいて、情があるだのと言われましても……。我が主を今まで保護して頂いた事には感謝します。ですがここは、我が主の意思を尊重するべきでは？」

アーネスが、顔を引きつらせながら言ってくる。

私のお腹の上で眠《ねむ》っていたちょむすけは、大きく欠伸《あくび》をするとチラリとアーネスを一瞥《いちべつ》し。

「……帰りたくないみたいですね」

「ああっ⁉　ウォルバク様っ⁉」

プイとソッポを向くと、お腹の上で再びまどろみだした。

私は、この状況《じょうきょう》でもまだ眠ろうとするふてぶてしい毛玉の喉《のど》を撫《な》でると。

「この子がここに居たがるのだからしょうがないですね。この毛玉は、私が立派に育てますので安心してください」

「まま、待ってください！　あの、ウォルバク様⁉　ウォルバク様！　私です、アーネスです！　ほら、私と一緒《いっしょ》に帰りましょう？」

慌てたアーネスがあやす様に言うが、私に顎《あご》の下を撫でられているちょむすけは、気持ち良さそうに喉を鳴らして丸くなっていた。

「見ての通り、この子は今の暮らしに満足している様です。どうぞ、お引き取りを」

「ま、待ってください！　どうかあなたからも、ウォルバク様がお帰りになる様、説得を！　そのお姿でも、多少は人の言葉が分かるはずですので！」

尚《なお》も食い下がってくるアーネスに。

「この子の名前はちょむすけです。というか、人の言葉が理解できる訳ないじゃないですか。この子はただの猫ですよ」

「ちょ、ちょむすけ？　ちょむすけ!?　まさかとは思いますが、それはウォルバク様の事を指しているのですか!?」

目を見開き、大声を上げるアーネス。

まさかも何も。

「良い名前でしょう？」

「止めてください、ウォルバク様と呼んでください！　ああっ……。ウォルバク様が、そのおかしな名前をご自分の事だと思い込んでおられて……。どうしよう、これどうやって修正しよう……」

ちょむすけと呼ばれる度《たび》に反応を見せる主の姿に、アーネスは泣きそうな顔を見せた。

しかし、おかしな名前だとは失礼な。

その、何たらいう名前よりは良いと思う。

「この子はオルバクとかいうあなたの主ではなく、ウチの大事なちょむすけです。本人もここに居るのを望んでますし、お引き取りください」

「ウォルバク様です。……しかし困りましたね。どうか引き渡《わた》しては頂けませんか？　もちろんタダでとは申しません。ウォルバク様を今まで保護して頂いたお礼も兼《か》ねて……」

そう言って、自分の懐《ふところ》を探《さぐ》りだしたアーネス。

随分とバカにされたものだ。

ちょむすけはもはや大事な家族だ。

それを、お金で引き渡すなど……！

「そうですね。今の手持ちは三十万エリスしかないのですが……」

「いえいえそんな、十分ですよ。ほらちょむすけ、この人がお前の新しい保護者です。達者に暮らすのですよ」

私はちょむすけを抱《だ》き上げると、アーネスに差し出した。

それを受け、ちょむすけが私の服に爪《つめ》を立てる。

引き渡されまいと激しい抵抗《ていこう》を見せるちょむすけを、どうにか服から引っぺがそうと……

……！

「あ、あの……。ウォルバク様がかなり嫌《いや》がっておられますし、お別れなどもあるでしょうから、また明日伺《あしたうかが》います。今夜一晩、最後の時を過ごされてはいかがでしょうか」

そんな私達を見てアーネスが提案してきた。

そして、ズッシリと重い袋《ふくろ》を手渡《てわた》してくる。

中身を見てみると、大量のエリス銀貨が詰《つ》まっていた。

それを見て固まっていると、アーネスはペコリと一礼し。

「では、ウォルバク様をよろしくお願い致します。また明日、迎えに来ますので」

そう言って、立ち去っていった。

2

アーネスが帰った後。

「こめっこ。この毛玉とは今日でお別れです。今の内に別れの挨拶《あいさつ》をしておくといいですよ」

私は、夕飯を食べながらこめっこに告げた。

その言葉に、モリモリと食べ物を頬張《ほおば》り、頬をリスの様に膨《ふく》らませていたこめっこが、ハッと表情を変える。

しばらく口をもぐもぐさせた後食べ物を飲み込むと、ちゃぶ台の上で、こめっこが残した魚の骨をかじるちょむすけに手を合わせ。

「……さよならちょむすけ。明日の朝は、よく味わってのこさず食べるからね」

「違《ちが》います！　違いますよこめっこ！　食べませんから！　明日の朝ごはんにする訳ではありません！」

我が妹ながら恐《おそ》ろしい。

半年近くも一緒に暮らしたちょむすけを、何の迷いも抵抗もなく明日の朝ごはんとして受け入れるとは。

それを聞いたこめっこは、小首を傾げ。

「じゃあどうするの？　こんなに育ったのに逃《に》がしちゃうの？」

「高値で売ります」

「さすが姉ちゃん！　凄《すご》い！　食べ物がたくさん買えるね！」

私が言う事ではないが、この子は人の心を無くしたのだろうか。

ひょっとして私に似たのだろうか。

ちょっと自重した方がいいかもしれない。

大喜びするこめっこに、悩《なや》みながらも若干《じやつかん》引いていると。

「そっか。じゃあちょむと遊べるのも今日が最後だね。ちょむ、こっちおいで」

最近では鍋《なべ》に入れられる事もなくなり、すっかりこめっこに懐《なつ》いたちょむすけは、言われるがままこめっこの手の中に。

懐いたというよりは服従しただけかもしれない。

「……じゅるっ」

「⁉」

食後だというのによだれを飲み込むこめっこに、抱かれたままのちょむすけがビクッと震《ふる》えた。

耳を掴《つか》んで引っ張ったり、尻尾《しっぽ》を掴んで引っ張ったりと、普通《ふつう》の猫《ねこ》なら暴れ出しそうな事をされても、抵抗する事なくなすがままにされている。

猫らしくない、何かを悟《さと》った様に諦《あきら》めているちょむすけを見ながら、少しだけ、これで良いのかと悩んでいた。

三十万エリスといえば、ちょうどアルカンレティアへのテレポート代になる。

つまり、もうバイトをせずとも旅に出られる訳だ。

しかし、何だかんだでこの謎《なぞ》の多い毛玉にも情が移っている。

とはいえこのまま家に置いておけば、私が旅に出た後、こめっこに食われる恐れがある。

かといって、この小さな毛玉を私の旅に連れていくというのも、モンスターに食われそうでならない。

一時は使い魔《ま》にでもと思っていたが、結構な情が移ってしまった今では流石《さすが》にその身を案じてしまう。

そういった色んな意味でも、アーネスに引き取られるのが一番だろう。

…………。

アーネスが何者だとか、この毛玉が何なのかとか。

ひょっとして、とんでもない事に巻き込まれているのかもしれないが……。

「姉ちゃん、猫の尻尾って切っても生えてくる？」

「トカゲじゃないので生えませんよ。……なので、今日が最後だからと、尻尾を食べようとしないでくださいね？」

……私の妹こそ、何者なのだろうか。

――翌日。

最後のお別れということで、ちょむすけの朝ご飯は奮発し、魚一匹《びき》を丸々あげた。

ちょむすけは、鼻がくっつく程《ほど》に顔を寄せたこめっこに魚をガン見され、ビクビクしながらかじっていたが。

朝食を終えた私が、ちょむすけを膝《ひざ》の上に抱《かか》えながらアーネスを待っていると、玄関《げんかん》のドアが叩《たた》かれた。

それを聞き、ちょむすけを抱く手にギュッと力が入る。

苦しかったのか、ちょむすけが小さな鳴き声を上げる中、これが一番良いのだと自分に言い聞かせた。

「……それではお別れです。あなたは、例のなんたらいう変な名前ではなく、ちょむすけです。せっかく格好良い名前を付けてあげたのですから、その名前を忘れないでくださいよ？」

「にゃー」

腕《うで》に抱かれたちょむすけが、まるで言葉が分かっているかの様に小さく鳴く。

うん、これでいい。

冒険者稼業《ぼうけんかぎょう》をしながら猫なんて飼えないし、家に残しておくのも心配だ。

誰《だれ》か飼ってくれる人を探すぐらいなら、アーネスに預けてしまう方が良いはずだ。

彼女なら、きっと大切にしてくれるはずだから。

「……もし記憶《きおく》が戻《もど》っても、私の妹に逆襲《ぎゃくしゅう》しに来ないでくださいね？」

「にゃーん」

目の前に抱え上げ、ちょむすけと鼻がくっつくぐらいまで顔を寄せると、ふんふんと鼻を鳴らしてきた。

本当に、ふてぶてしい顔をしている。

最近は誰に似たのか、よほどの事があっても動じなくなってきた。

この猫も大概《たいがい》大物なのかもしれない。

再びドアがノックされる。私はドアの外に向け、どうぞと声を掛《か》けた。

……お別れです。

ドアの開く、ガチャリという音を聞きながら。

「この子は暗くて狭《せま》い所が好きな様です。好物は魚の皮です。どうか、大切にしてあげてくださいね？」

私はちょむすけを差し出した——。

ドアの前に佇《たたず》んでいたゆんゆんに。

「えっ？　な、何で私がちょむすけを大切にしないと……あっ、痛っ⁉　ちょっとめぐみん何するのよ！　どうして私が叩かれなきゃならないの⁉　止《や》めて！」

覚悟《かくご》を決めた後の、せっかくの真面目《まじめ》な別れのシーンをぶち壊《こわ》され、思わずゆんゆんに八つ当たりする。

「何なのですか、人がせっかく感動のお別れをしていたところなのに！　こんな朝早くから、一体どうしたんですか⁉」

「何言ってんの⁉　まさかの逆ギレ⁉　バイト探し、今日も手伝ってって話だったから来たんじゃない！」

ゆんゆんが、訳が分からないといった表情で涙《なみだ》を浮《う》かべて言ってくる。

そういえば、昨日そんな話をしていた事をすっかり忘れていた。

私はゆんゆんに、昨夜アーネスからもらった銀貨入りの袋を見せる。

「これを見てください。実は昨晩、幸運な事に三十万エリスが転がってきましいだいっ⁉」

と、同時にゆんゆんに頬を叩かれた。

「とうとうやらかしたわねめぐみん！　どんなに貧乏《びんぼう》でも、お金が絡《から》む犯罪にだけは手を染めないと思ってたのにっ！　バカッ！　どうしてそうなる前に相談しなかったのよ！」

えっ、ちょっ⁉

「な、何を言ってるんですか、犯罪なんてしてませんよ！　このお金は、ちゃんとお互《たが》いに納得《なっとく》のいく取引で……！」

頬の痛みに涙が滲《にじ》む。

叩かれた頬を押さえながら、ゆんゆんに説明するも。

「取引？　取引ですって!?　ロクな物持ってないめぐみんが、一晩で三十万ものお金を稼《かせ》げる様な取引なんてある訳が……って、あああああっ!?」

何か思い当たる事でもあったのか、途端《とたん》に大声を出すゆんゆん。

「な、何ですか？　何なんですかさっきか……らっ!?」

「バカッ！　とうとう体売ったのね!?　あれほど自分の体は大事にしなさいって言ったのに！　誰よっ!?　こんなバカな取引に応じた人は一体誰なの!?　ほらっ、言いなさいよっ！　絶対に許さないっ！」

「あぶっ!?　痛っ、ちょっ!?　……あああああああああーっ！」

「きゃーっ!?　痛い痛い痛ーいっ！」

パンパンと何度も頬を張られた私は、とうとうゆんゆんへと掴み掛かった。

3

「まったく、いい加減にして欲しいですね！　そう易々《やすやす》と体なんて売りませんてば！　ちょっと優《やさ》しくされたらホイホイ男についていきそうなゆんゆんに、どうしてここまで心配されなくてはならないのですか！　このお金はちゃんと合法的に、そして皆《みんな》が幸せになれる方法で手に入れた物ですよ！」

「や、優しくされたぐらいじゃついていかないわよ！　ごめんってば！　でも、私がこんな勘違《かんちが》いしたのは、昨日、めぐみんが体でも売るかとか言ってたから……！」

一通り揉《も》み合った後、私とゆんゆんは、お互いにあちこち引っ掻《か》き傷を付けながら、玄関でへたり込んでいた。

「大体、日頃貧乏《ひごろびんぼう》に喘《あえ》いでるめぐみんが、一晩でそんな大金を稼ぐだなんておかしいじゃない！　犯罪でもなければそんな大金どうしたのよ!?」

玄関の床《ゆか》に腰《こし》を下ろし、疲《つか》れた様に足を投げ出しているゆんゆん。

初めて会った時は避《さ》けられていたのに、今では懐かれたらしく、ちょむすけが我が物顔でゆんゆんの膝上《ひざうえ》に上っていく。

同じく、私も玄関先《げんかんさき》に足を投げ出してへたり込みながら。

「実は昨夜、その毛玉を引き取りたいという方が見えましてね。それで、譲《ゆず》ってあげるお礼にと三十万エリスを頂ける事になりまして」

「はあー!?」

何となく言った私の言葉に、ゆんゆんが甲高《かんだか》い声を上げた。

身を起こしたゆんゆんは、膝上のちょむすけを守る様にギュッと抱《だ》きしめると。

「この子を売ったたって事!?　今まで大事に飼ってたこの子を!?　ねえ、ていうかこの子って……！」

「ただの猫ですよ。ええ、何の変哲《へんてつ》もないただの猫です」

何となくちょむすけの正体に疑問を抱《いだ》いている風なゆんゆんが、何か言いたそうに口をむにむにさせて押し黙《だま》った。

「それに、こうするのが一番なのですよ。私は冒険者になり旅に出ます。となると、この子を連れて冒険に出れば、戦闘《せんとう》にも巻き込まれるでしょうし、こんなに小さな体では、モンスターに真っ先に狙《ねら》われるでしょう」

「うう……、で、でも……」

ゆんゆんがちょむすけを抱きながら、何かを訴《うった》える目で私を見る。

そんな、ゆんゆんに。

「そして考えてください。この子を家に置いていけば、我が家ではこめっことちょむすけの二人きりでいる事がほとんどになります。その……。言い難《にく》いのですが……。私の妹に食べられないとも言い切れないので……」

「そこはちゃんと教育しなさいよ、お姉ちゃんでしょ!?　ちょむすけだけじゃなくて、こめっこちゃんの将来まで心配になってきたわ！」

と、ゆんゆんが、一応は納得したのか、ちょむすけを抱いたまま。

「ちょむすけを大事にしてくれそうな人なら、その方がいいのかな……」

そう呟《つぶや》いた、その時だった。


「ちょむすけではありません。ウォルバク様です」


いつの間にそこに居たのか、開かれっぱなしだった玄関先にアーネスが立っていた。

魔法使《まほうつか》い風のフードを深く被《かぶ》ったアーネスの、赤髪《あかがみ》の隙間《すきま》から覗《のぞ》く黄色い瞳《ひとみ》が、ゆんゆんを訝《いぶか》しむ様に見つめていた。

床にだらしなく、仰向《あおむ》けに寝《ね》そべっていた私は身を起こし。

「おっと、来ましたか。ゆんゆん、こちらの方がちょむすけの里親です」

「……ちょむすけではありません、ウォルバク様です。あと、里親でもありません。……我が主《あるじ》が随分《ずいぶん》と懐《なつ》かれておりますが、そちらの方は？」

アーネスの視線を受けたゆんゆんが、警戒《けいかい》する様にちょむすけをギュッと抱く。

それを見て、アーネスの口角が引きつった。

「めぐみんと一緒《いっしょ》にこの子を保護していた者です。あなたは、何の目的でこの子を欲しがるんですか？　それに、主って何なんですか？」

「……ウォルバク様を保護してくださった事には感謝致《いた》します。ですが、あまりこれ以上詮索《せんさく》しない方がよろしいですよ？　さあウォルバク様、参りましょうか」

私には無警戒だったのに、ゆんゆんにはやけにピリピリした態度を取るアーネス。

元々あまり気が強い方でもないゆんゆんは、気圧《けお》されたのかビクリと震《ふる》えた。

「さあ、こちらに渡《わた》してください」

言葉遣《づか》いは穏《おだ》やかだが、有無《うむ》を言わせぬ雰囲気《ふんいき》のアーネスに、ゆんゆんがおずおずとちょむすけを差し出した。

アーネスはそれを受け、ニコリと微笑《ほほえ》むと。

「ありがとうございます。ウォルバク様はこの私が大切に保護致しますので、どうかご安心……あっ!?　ウォルバク様？　痛たたた、ウォ、ウォルバク様、どうかお止めください、お戯《たわむ》れを！」

アーネスに抱かれたちょむすけが、突如《とつじょ》もがきだし、その手から抜《ぬ》け出した。

アーネスは、引っ掻かれた痛みよりも拒絶《きょぜつ》された事に、より酷《ひど》いショックを受けている様だ。

地に下りたちょむすけは、再びゆんゆんの下へと戻っていく。

「ええっと、どうしたものでしょうか。えらく嫌《いや》がっているみたいですが、かといってこのお金を返すのも……」

「そんな物とっとと返しなさいよめぐみん！　お金なら、またバイトでもすればいいじゃない！　それよりも、この子がこんなに嫌がっているのなら……」

私がお金を返すのを渋《しぶ》り、ゆんゆんが何かを言い掛けた、その時だった。

「……こんなに嫌がっているのなら、何でしょうか？　ウォルバク様はまだ記憶が戻られておらず、警戒しているのです。私と共に来れば、やがて記憶《きおく》を取り戻《もど》す事でしょう。さあ、どうかこちらに……」

そう言って、アーネスはちょむすけを捕《つか》まえようと身を屈《かが》め。

その拍子《ひょうし》に被っていたフードがずれ、アーネスの頭部が露《あら》わになった。

——赤い髪の間から突《つ》き出した、二本の角と共に。

4

辺りの空気が一変した。

「あーあ……」

それまでの、礼儀《れいぎ》正しい口調もどこへやら。

「どうしたものかしらね。……あなた達、口は堅《かた》い方？」

アーネスの言葉に、私とゆんゆんは無言のまま、慌《あわ》ててコクコクと頷《うなず》いた。

——悪魔《あくま》族。

人の感情を糧《かて》としてこの世に存在する種族で、グレムリンと呼ばれる雑魚《ざこ》から、サキュバスと呼ばれる男性に人気の悪魔まで。

ピンからキリまであるが、上位階級の悪魔は軒並《のきな》み凶悪《きょうあく》なまでの強さを持っている。

目の前のアーネスは、恐《おそ》らくその上位階級の悪魔で、彼女を退治しようと思うなら、上級魔法《まほう》を扱《あつか》える者が複数いないと難しい。

そしてもちろん、私達は上級魔法など使えない。

ゆんゆんが扱えるのは中級魔法まで。

そして、この近距離《きんきょり》では私の爆裂《ばくれつ》魔法だって扱えないし、何より、長ったらしい爆裂魔法の詠唱《えいしょう》をしている間に仕留められてしまうだろう。

「ど、どうしてこんな所に上位悪魔が……」

ゆんゆんの呟きに、アーネスがフードを被り直しながらニコリと笑った。

「これ以上詮索しない方がいいと言ったわよ？　さあ、ウォルバク様を渡しなさいな。そして私の正体を黙っていてくれるなら、あなた達を見逃《みのが》してあげるわ」

私は、固まって動けないゆんゆんにくっつく、この空気の中喉《のど》を鳴らしているマイペースな毛玉を抱き上げた。

悪魔まで出張ってくるのだ、私がこの子を保護していると、今後も何か厄介事《やっかいごと》に巻き込まれかねない。

だから、これでいい。

私と共に旅するよりも、我が家に残ってこめっこと一緒に暮らすよりも。

ちょむすけにとっても、これが一番良いはずだ。

「……どうしました？　さあ、早く渡してください」

なのに、手が動かない。

この迷惑《めいわく》な毛玉を渡したくない。

動かない私を見て苛立《いらだ》ったのか、アーネスがその手を伸《の》ばし……。

「『ファイアーボール』ーッッッ！」

唐突《とうとつ》に。

あまりにも唐突に、玄関《げんかん》に座ったままの体勢で、ゆんゆんが全力のファイアーボールを解き放った。

こんな至近距離《きょり》でファイアーボールが炸裂《さくれつ》すれば、間違《まちが》いなく私達も無事では済まない。

だが、そのファイアーボールは警告のつもりだったのか、アーネスの頭のすぐ隣《となり》を通り過ぎ、朝の晴れやかな空に派手な爆発《ばくはつ》を引き起こした。

「……なんのつもり？　見逃してやるって言ってるのに、死にたいの？　一応はウォルバク様を保護してくれてたみたいだから、危害を加える気はなかったんだけど？」

獣《けもの》の様な黄色い瞳をスッと細め、アーネスは、玄関の床にへたり込んだままのゆんゆんを見据《みす》える。

怯《おび》えながらも立ち上がり、腰の短剣《たんけん》に手をやるゆんゆんはやる気の様だ。

ヤバい、今の私達では多分この悪魔に瞬殺《しゅんさつ》される。

内心焦《あせ》る私に、アーネスが最後の警告とばかりに言ってきた。

「最後にもう一度だけ言うわ。ウォルバク様を引き渡しなさい。それ以外の行動を取ったら、この場で二人とも引き裂《さ》くわよ」

鋭《するど》い眼光に気圧される。

私の隣ではゆんゆんが、とうとう短剣を抜き放った。

この子は、誰《だれ》かを守ろうとする時、たまにこうして無鉄砲《むてっぽう》になる事がある。

私が邪神《じゃしん》の下僕に追われた時もそうだった。

今は、私の手元にある毛玉を守るためにやる気になっているのだろう。

普段《ふだん》は自分からロクに声も掛《か》けられないヘタレなクセに、こんな時だけ。

「この毛玉をご所望《しょもう》ですか。ではどうぞ、大切なフォルバグ様を落とさないようにしてくださいね？」

「毛玉言うな！　フォルバグ様言うな!!　その御方《おかた》は………えっ」

律儀《りちぎ》にツッコむアーネスに向けて、私はちょむすけをパスした。

ちょむすけは放物線を描《えが》きながら、アーネスの横を通り過ぎ、玄関から外へと……！

「ウォルバクさまあああああ！」

地面に落ちる寸前で、必死の形相のアーネスが、スライディングしながら受け止めた。

その拍子に再びフードがめくれ上がる。

荒《あら》い息を吐《は》きながら、アーネスが立ち上がりかけてこちらを睨《にら》み。

「きき、貴様……っ！　よくも」

そして私へと、罵声《ばせい》を浴びせようとしたその時だった。

立ち上がりかけで中腰状態《ちゅうごし》なアーネスの頬《ほお》を、一条《いちじょう》の閃光《せんこう》が掠《かす》め通り過ぎ。

外から放たれたその閃光は、あっさりと我が家の中を貫《つらぬ》き、そのまま壁《かべ》に穴を開けた。

「わ、我が家の壁があ！　邪神の下僕に荒《あ》らされた部分が、ようやく直ったばかりなのに！」

悲痛な声を上げる私の前で、アーネスが頬からツウッと血を垂らしながら、ゆっくりと後ろを振《ふ》り返る。

「爆発を見て何事かと来てみれば。この紅魔《こうま》の里に、悪魔が一体何の用だ？」

「その手に持ってるのは、めぐみん家《ち》の猫《ねこ》だろう。何だお前、猫泥棒《どろぼう》か？」

そこに居たのは数人の紅魔族。

中には、近所のニートとぶっころりーの姿もある。

アーネスが黄色い瞳を細め、獲物《えもの》に襲《おそ》い掛かる獣の目となる。

「……今、この私に魔法を放ったのは誰だ」

アーネスは、深い怒《いか》りを込めた、静かな声で告げてきた。

だが、駆《か》けつけた紅魔族の皆《みな》さんはどこ吹《ふ》く風だ。

……ああ、そうか。

きっと彼らが、対魔王《まおう》軍遊撃《ゆうげき》部隊とやらなのだろう。

里の無職達が集まって、勝手に見回りをしている自警団的なものだ。

と、魔法を放ったとおぼしきぶっころりーが、ポツリと言った。

「今の魔法は俺が撃《う》ったが、それが何か？　……というかコイツ、里を騒《さわ》がせている例の爆裂魔《ばくれつま》じゃないのか？　めぐみんの言っていた特徴《とくちょう》と一致《いっち》するぞ。ムチムチした体で角を生やした女悪魔だと言っていたよな？」

「えっ？」

ぶっころりーの言葉に、勢いを削《そ》がれたのか戸惑《とまど》った声を上げるアーネス。

……私の言っていた特徴？

ああ、そういえばそんな事を言った記憶が。

あの時は、自分で放った爆裂魔法をごまかすために適当な事を言ったのだが。

「そういえば、確かめぐみんが激戦の末に逃《に》げられたって言ってたな。……なるほどなー。ここに居るって事は、わざわざめぐみんに復讐《ふくしゅう》に来たのか」

「……はは一ん。めぐみんの家の猫を手に抱《かか》えているのは、人質代《ひとじち》わりって訳ね。あなた、随分《ずいぶん》と姑息《こそく》な悪魔ねえ……」

「えっ」

突然《とつぜん》の言い掛《が》かりに、アーネスが再び戸惑った声を出す。

アーネスは、ちょむすけを手に抱《だ》き、立ち上がりかけた姿勢のままで固まっていた。

彼女が上位悪魔なのは間違いない。

悪魔族は、上位の者ほど高い知能を有していると聞く。

そして、そんなアーネスを倒《たお》そうと思うのなら、上級魔法使《まほうつか》いをたくさん集めなければいけないだろう。

「ちょっとあんた。よくもまあここ最近、夜中に魔法を連発してくれたわね。おかげでこっちは、夜な夜な山狩《やまが》りとかさせられたんだからね」

「えっ。……えっ？」

完全な言い掛かりに、アーネスが戸惑いつつも改めて周囲を見回すと、騒ぎを聞きつけ、辺りにはいつの間にか、多くの紅魔族が集まっていた。

そう。通常であれば、アーネスほどの悪魔を倒そうとするなら、腕利《うでき》きの魔法使いを集めなくてはいけない。

……だが。

「おいコラお前。ここをどこだと思ってるんだよ」

「あんた、どこの誰だか知らないが、良い度胸してるなあ……。魔王軍の幹部クラスですら、この里の中には一人でノコノコやって来たりはしないぞ？　……ほら、まずはその手に持っているめぐみん家の猫を放せよ」

アーネスは、未《いま》だ状況《じょうきょう》が飲み込めていないのか、オロオロしながらも言われるがままにちょむすけを下ろし、手放した。

何が起こっているのか分からないなりに、このまま抱えていると大切な主《あるじ》が危ないとは理解したのだろう。

解放されたちょむすけは、マイペースに私の下へ歩いてくると、そのままゴロンと横になる。

それを見たアーネスは、ちょむすけに向かって手を伸ばし。

「あ、あの……」

「ここは魔王軍すらも近づかない紅魔の里」

何か言い掛けたアーネスの言葉は、その声によって遮《さえぎ》られた。

そう。ここは、上級魔法を使えるのが当たり前の、紅魔族の集落である紅魔の里。

「悪魔《あくま》がこんな所にホイホイやってくるとは、よほど自信があるのかバカなのか……」

そんな誰かの声を聞き。アーネスは脂汗《あぶらあせ》をかきながら、途端《とたん》に目を泳がせた。

未だ中腰の妙《みょう》な姿勢のまま。

目尻《めじり》に涙《なみだ》を溜《た》めたアーネスは、一斉《いっせい》に上級魔法の詠唱を始めた紅魔族を見て、思い切り顔を引きつらせた。

5

――アーネスが紅魔族に追い掛け回され、泣《な》き叫《さけ》びながら逃げていった後、壁に開けられた穴を塞《ふさ》いだりと色々していたのだが。

「まったく、何だったのよあの悪魔は。でも、引き下がってくれて良かったね。ちょむすけも無事だったし」

ゆんゆんが、足下《あしもと》のちょむすけを撫《な》でながら言ってきた。

アーネスは、この毛玉を残したまま逃げてしまった。

このまま家に置いておくと、きっとまた取り返しに来る事だろう。

となると。

「……ゆんゆん、お願いがあるのですが。ちょむすけをあなたの家で引き取ってはもらえませんかね？」

「えっ!?　いきなり何言ってんの!?」

驚《おどろ》くゆんゆんに、私は改めて説明する。

「いえ、アーネスが悪魔だとは思いませんでしたが、ちょむすけをもらってくれるのはありがたかったのですよ。先程《さきほど》も言いましたが、冒険者《ぼうけん》稼業《かぎょう》をやりながらこの子を連れていくのもどうかと思いますし」

「だ、だって！　結局あの悪魔は逃げちゃったし、取引だって……ああっ!?」

何か言い掛けたゆんゆんは、私が見せびらかした銀貨の詰《つ》まった袋《ふくろ》を見て声を上げた。

「お金なら、ほらこの通り。どうやら忘れていったみたいです。これをテレポート代に使わせてもらいましょう」

「ひ、酷《ひど》い！　良いの？　ねえ、それって良いの!?」

ゆんゆんが喚《わめ》いているが、昔から、モンスターを倒した際に得たお金は、もらってしまっても良い事になっている。

別に私がアーネスを倒した訳でもないが、これも私の日頃《ひごろ》の行いが良いおかげだろう、ありがたく使わせてもらおう。

ゆんゆんが、良いのかなあ……とかブツブツ言っているが。

「という訳でゆんゆん。私は、明日には旅に出ようかと思うのですが」

「早っ!?　急過ぎない!?　もうちょっとゆっくりしなさいよ、クラスメイトにお別れだってあるでしょうに！」

ちっとも早過ぎない。

むしろ、今まで半年以上も待ったのだ。

本当なら、今すぐにでも里を飛び出して冒険したいぐらいだ。

とはいえ、色々と準備もあるしこめっこの事もある。

「旅立ちは明日の朝です。お別れはまあいいでしょう、紅魔族は孤高《ここう》の存在です。それでも、縁《えん》があればまたどこかで会えるでしょうしね」

「何言ってんの、ちょっと待ちなさいよ！　今から皆に声掛けてくるから、このままフラッと出ていったりしたら許さないからね！」

ゆんゆんが、そう言いながらどこかへ駆け出していった。

引っ込み思案で他人に声も掛けられないゆんゆんが、皆に声を掛けてくるだとか。

これなら、私がいなくても大丈夫《だいじょうぶ》そうだ。

そんな事を考えながら私は、足下にまとわりつくちょむすけを抱き上げた。

6

ゆんゆんが一旦《いったん》どこかに消え。

そして、再びやってきたゆんゆんに連れていかれた私は——

「でも、めぐみんが旅に出るなんてねー。気が短くて喧嘩《けんか》っ早いあんたに、冒険者なんてできるの？」

「まず、パーティー組んでくれる冒険者を探すのに苦労しそうよね！」

そんな失礼な事を言ってくるのは、ふにふらとどどんこ。

この二人に、なぜそんな事を言われなければいけないのか。

「まあ、めぐみんなら上手《うま》くやるさ。何せ、この私が唯一《ゆいいつ》勝てなかった相手だからね」

そんな事を言ってくるのは、眼帯を付けたクラスメイト、あるえ。

「あれっ？　わ、私も、あるえに負けた事なんて……ああっ!?」

あるえに何か言い掛けるも、ゆんゆんが何かに思い当たって声を上げた。

「二人が卒業する直前の最後のテスト。あれで、ゆんゆんは私より下だったじゃないか」

あるえのその言葉に、ゆんゆんがガックリと項垂《うなだ》れる。

そういえばゆんゆんは、私と卒業の時期を合わせたいがために、ワザと手を抜《ぬ》き、順位を落とした事があった。

うん、これこそ自業《じごう》自得だと思う。

意外と負けず嫌《ぎら》いなゆんゆんが悔《くや》しそうに拳《こぶし》を握《にぎ》りしめる中、私はケーキをむさぼり食っていた。

そんな私に、呆《あき》れた様子のふにふらとどどんこが言ってくる。

「……ちょっとあんた。最後ぐらい食うのは止《や》めて話をしなさいよ。あんたには人の情とかないの？」

「ていうか。一応めぐみんも、女の子のカテゴリーに入るんでしょ？　食い気よりも、ちょっとはオシャレでもした方がいいんじゃない？」

何とでも言うがいい。

旅に出れば、いつこうして食事ができるか分からないのだ。

食べられる時に食べ、休める時に休むのは冒険者の心構えとして、基本中の……。

「……食べるなとは言わないわ。でも、せめてお別れの挨拶《あいさつ》ぐらいしてから食べなさいよ」

ちょむすけを抱いたゆんゆんが、呆れた様子で言ってきた——

ここは、紅魔《こうま》の里で一番大きな屋敷《やしき》である、ゆんゆんの家。

そこで先程から、私のお別れ会とやらが開かれていた。

ゆんゆんは、学校で特に私と因縁《いんねん》の深かった子だけを集めた様だ。

ゆんゆんの部屋のテーブルには、ごちそうとケーキが並べられていた。

「ほうけんひゃたる者は、たへられる時にたへ、やふめる時にやふむのが……」

「飲み込んでから喋《しゃべ》りなさいよ！」

私に注意したゆんゆんは、何だかやけにソワソワしている。

「あっ、ねえあるえ、ジュースのおかわりはいる？　ふにふらさんはグレープよね。ちょっとめぐみん、何か飲まないと喉《のど》に詰まるわよ？」

やたらと甲斐甲斐《かいがい》しく皆《みんな》の世話をするゆんゆん。

どうやら、自分の家に人が来た事が嬉《うれ》しくて、テンションが上がっている様だ。

というか、家に上がる時もゆんゆんの家族に驚かれた。

ひょっとすると友人を家に呼ぶのは初めてなのかもしれない。

「ねえゆんゆん、あんたちょっと落ち着きなよ」

「そうそう、どうしちゃったのよ、テンション高いよ？」

と、ふにふらとどどんこに注意されるぐらいだ。

「ごご、ごめんね！　こういった、パーティーみたいな事とか初めてで……」

「そ、そっか！　それなら仕方ないよね!?」

「仕方ない仕方ない！　そ、その内、ゆんゆんの誕生日にでもパーティーするからね！」

……この二人に気を遣《つか》わせるゆんゆんも大概《たいがい》だと思う。

と、マイペースにケーキを食べていたあるえが。

「ところで、めぐみんはどこを拠点《きょてん》にする気なんだい？　めぐみんなら、最初からモンスターが強い地域でもやっていけそうだけど」

「いえ、ここは基本に倣《なら》って、駆《か》け出し冒険者の街アクセルに行こうかと。私もまだ駆け出しですから、同じ駆け出し冒険者を仲間にした方が良さそうですしね」

「へー。あんたもそんな謙虚《けんきょ》なところがあったんだ」

「学校でもそんな謙虚さを発揮してれば、もう少し友達できたと思うのに」

余計な茶々を入れる二人をどうしてやろうかと考えていると。

「じゃあめぐみん。これは私達から」

突然《とつぜん》、ふにふらがそんな事を言いながら一本の杖《つえ》を渡《わた》してきた。

「……おお。何ですかこれは。餞別《せんべつ》ですか？　というか、触《さわ》った感じ魔力《まりょく》の流れが凄《すご》く伝わりやすいです。高かったのではないですか？」

魔法使《まほうつか》いにとって、杖は魔法の威力《いりょく》を上げる上で重要な物だ。

そしてこれほどの物となると、かなりの値が張ったと思うのだが。

「いいや、お値段はプライスレスだったよ。魔道具職人の、ふにふらのお父さんが作った杖でね。ちなみに、杖の材料は二人が取ってきたんだよ」

あるえの言葉に、ふにふらとどどんこが自慢《じまん》げに。

「里の近くの森に入って、魔力の溢《あふ》れてそうな木を選定してきたのよ」

「まあ、このぐらいはねー。ありがたいと思ったら、旅先で格好良い男の人に会ったら里に連れてきてよね」

ドヤ顔で言ってくる二人を尻目《しりめ》に、あるえが一言。

「まあ、この二人はまだ上級魔法を覚えてないから、私が一緒《いっしょ》に森に入ったんだけどね。二人は、モンスターに会う度《たび》に悲鳴を上げて……」

「「あるえー！」」


あるえは、私とゆんゆんが卒業後、上級魔法を習得して無事に卒業したらしい。

そして、私やゆんゆんに次ぐ魔力を活《い》かし、魔道具職人にでもなるかと思われたのだが。

一体何を思ったのか、将来は作家になると宣言し、毎日家に籠《こ》もっているらしい。

私は渡された杖を抱《だ》き。

「ありがとうございます、大事にします。というか、あなた達二人からこんな物をもらえるだなんて思いもよらなかったのですが。何です？　ツンデレとかいうヤツですか？」

「違《ちが》うわよ！　あんたに借りを作ったままじゃ気分が悪いからよ！」

「めぐみんが作ったあの薬、凄く効いたみたいでね。ふにふらは、内心では凄く感謝してたんだよ」

「ちょ、ちょっと！」

……あれっ。

「何ですか、あの、ふにふらの弟さんが病気だって話は本当だったのですか？　私はてっきり、遊ぶ金欲しさにゆんゆんからお金を巻き上げるための口実だと思ってました」

「あたしが性格悪いのは自覚してるけど、さすがにそこまではやらないから！」

「ふにふらは重度のブラコンなだけで、そこまで非道じゃないよ！」

「ちょっと!!」

ふにふらとどどんこが騒《さわ》ぐ中、ふと、ゆんゆんが大人しいのに気が付いた。

というか、何か言いたそうだが言い出せないといった感じだ。

「ゆんゆん、そろそろあんたも出したら？」

「そうそう、せっかく用意したんでしょ？」

二人に言われ、ゆんゆんが紙袋《かみぶくろ》を出してきた。

それをスッと差し出してくる。

「これ。その、めぐみんってば未《いま》だに制服を私服代わりに使ってるじゃない。服装に無頓《むとん》着《ちゃく》そうだから、魔法使いのローブをね……？」

紙袋の中には、ローブにマント、帽子《ぼうし》が入っていた。

正直、これはありがたい。

制服がそろそろボロっちくなっていたのだ。

「ありがとうございます、大事に着ます」

その言葉に、ゆんゆんがホッとした様に息を吐《は》いた。

と、ふにふらが意地悪そうにあるえに言う。

「あるえー？　ねえ、あんたは何か渡す物とか用意してないの？」

「そうそう。私達ですら杖とか用意したのに、あるえはないの？」

相変わらずの良い性格をした二人。

それまでマイペースに黙々《もくもく》と食べていたあるえは、ふむと小さく頷《うなず》くと。

「では、秘蔵の逸品《いっぴん》を」

そう言って、あるえは長い学園生活の中で、一度も外した事のなかった眼帯を。

「あっ⁉」

「あるえが眼帯外したところ、初めて見た！」

騒ぐ二人を気にもせず、あるえは眼帯を手渡《てわた》してくる。

「これは強力な力が込められた逸品でね。これを着けていると、精神を落ち着け、洗脳や魅了《みりょう》といった、操作系の魔法に耐性《たいせい》を得られる効果があるんだよ。それと同時に、魔力を抑《おさ》える役割も持つ。私は持って生まれた魔力が大き過ぎてね。うっかり力を暴走させないために、幼い頃《ころ》にこれを着けられたんだよ」

今明かされる、あるえの過去。

普段《ふだん》何を考えているのか分からないあるえに、そんな事が……。

「そ、そんな大事な物、めぐみんにあげちゃっていいの？」

「そうよ、力の暴走ってのは大丈夫《だいじょうぶ》なの？」

ふにふらとどどんこの問い掛《か》けに、あるえは小さく笑うと。

「いいんだよ、私にはもう必要ない物だから。親に言われて魔法は覚えてみたけれど、私の夢は作家なんだ。作家になって、誰《だれ》かを喜ばせる物を書きたい。だから、めぐみんが冒《ぼう》険《けん》者になったなら、たまにでいいから冒険話を聞かせて欲しい。そして、いつかめぐみんのパーティーの冒険譚を書いてみたいね」

そんな、えらく格好良い事を言ってきた。

それを聞いた私を除く三人はオロオロしだすと。

「ね、ねえどうしよう、あたし達ただの杖なんだけど」

「杖だって、その、材料から集めてきたんだし心は籠もってるから……！」

「ど、どうしよう、私なんて市販《しはん》の物買ってきただけなんだけど！」

コソコソと耳打ちし合う三人に、

「それがどんな物でも構いませんよ。どれもこれも、大切にさせて頂きますから。ありがとうございます」

そう言って、私は笑いかけた。

「だ、だよね！　気持ちが大事だもんね！」

「そうそう！　……って、そう言えば！　ねえあるえ、その眼帯をめぐみんが着けてたら、魔力が封《ふう》じられるんでしょ？　それだと、魔法の威力が弱くなるんじゃないの？」

「あ……。それなら、本気で魔法を使う時だけ、眼帯を外したら……」

三人の声を聞きながら、私は早速《さっそく》、もらった眼帯を着けようと……。

と、そんな私に目を向ける事なく、綺麗《きれい》にラッピングされた箱を取り出しながらあるえが言った。

その箱の中には、買ったばかりと思われる新品の眼帯が。

「ああ、そんな効果はないから大丈夫だよ。それ、私が子供の頃、お爺《じい》ちゃんにオシャレで買ってもらった眼帯だから。そろそろ古くなってきたから買い換《か》えたんだ。私は作家を目指しているって言ったろう？　作家は、適当に話を作ってなんぼだと……」

私は身に着けようとしていた物をあるえに投げつけ、新品の眼帯を奪《うば》い取った。

7

お別れ会が終わり、皆が帰った後。

ゆんゆんが、私を家まで送ってくれると言い出した。

私の事を、目を離《はな》すと迷子になる子供か何かだとでも思っているのだろうか。

すっかり暗くなった帰り道。

ゆんゆんが、ポツリと言った。

「めぐみん。その、ローブのお姉さんに会えたら、里に帰ってくるんだよね？」

無理に明るく言おうとしたせいなのか、その声は少し上擦《うわず》っていた。

私は、隣《となり》を歩くゆんゆんに。

「いいえ、里には帰りませんよ。外の世界に行ったなら、頼《たよ》りがいのある仲間達と共に超《ちょう》強くなって、いっそ魔王《まおう》でも倒《たお》して、次の魔王にでもなってやりましょうか。その時には、ゆんゆんを新生魔王軍の幹部にしてあげますよ」

「嫌《いや》よそんなの！　どうして悪者にならなきゃいけないの!?　っていうか、爆裂魔法《ばくれつまほう》しか使えないんじゃそんなの無理に決まってるでしょ？」

そんな現実的な事は聞きたくない。

「……明日の朝にはこの里を出ます。なので、見送り的な事がしたいのなら早起きしてくださいね」

「どうして私が、わざわざそんな事しなきゃいけないのよ！　ね、ねえ、本当に明日《あした》出ていっちゃうの？　まだ幼いこめっこちゃんは……！　あの子なら大丈夫か……」

「あの子なら、私以上に一人で生きていけますよ。まあ、ご近所さんにもお願いしておきますし、両親だって常に留守にしている訳でもないですからね」

それよりも。

「この毛玉を預かってはくれませんか？　危険な旅に連れていくのはどうかと思うのです」

私は、肩《かた》にへばりついて歩こうとしないちょむすけを、ゆんゆんに押しつけようとする。

「……この子、こんな名前付けられた上に、人に預けられるなんて……」

ゆんゆんは、同情するようにちょむすけを撫《な》でるが。

「でもこの子、こんなにもめぐみんに懐《なつ》いてるじゃない。紅魔《こうま》の里以上に危険な所はそうそう無いと思うし、連れていってあげなさいよ」

「……むう。もしもの時の囮《おとり》や非常食など、まあ役に立たない事もないと言えば……」

「止《や》めて！　どうしてそう考え方が野性的で悪辣《あくらつ》なのよ！」

と、そんな事を言い合っている内に、我が家が見えてきた。

明日見送りに来ないなら、ゆんゆんとはここでお別れだ。

「ゆんゆんは、上級魔法を覚えたら族長になれるんでしたっけ？」

「そうよ。とはいっても、魔法《まほう》を覚えてすぐになれる訳じゃないけどね。きっと、まだまだ先の事だと思うから……」

だから、その……。

そんな事をブツブツと呟《つぶや》くゆんゆんは、何かを思い悩《なや》んでいる様子だった。

何度も何かを言おうとして、それを言う勇気がないのか言葉を引っ込めてしまう。

何を言いたいのだろうか。

……家の前に着いてしまった。

「それではゆんゆん。我が自称《じしょう》ライバルとして、頑張《がんば》って励《はげ》んでくださいね。のんびりしていると、私が魔王になって世界を支配してしまいますよ。その頃になってから幹部にしてくれと言っても遅《おそ》いですからね？」

「言わないわよそんな事！　めぐみんが魔王になったら、私が倒しに行くから！」

いつも通りに食《く》って掛かってくるゆんゆん。

それを聞いて安心した私は、玄関《げんかん》のドアの前に立つ。

「それでは、また」

「……うん。またね」

ゆんゆんに、とってもシンプルな別れを告げ。

ゆんゆんの見送りの視線を、背中にいつまでも感じながら。

私は、玄関のドアを開けた。

8

「姉ちゃんお帰り！　ごはん食べよう！」

バタバタと駆《か》けてくるこめっこともしばらくの間お別れだ。

妹は泣くだろうか。

行かないでくれと泣きつかれたらどうしよう。

「こめっこ。ご飯の前に話があります」

「？」

こめっこを前に、私は居住まいを正した。

それに伴《ともな》い、こめっこが床《ゆか》の上にちょんと正座する。

キョトンとした顔で私が何を言うのかを待つこめっこに。

「こめっこ。私は、明日。旅に出ます」

「ふーん」

………。

「こめっこ、旅ですよ？　姉は旅に出るのです。当然、長い間帰ってくる事はありません。大好きな姉の顔が見られなくなるのですよ？」

「分かった！　我慢《がまん》する！」

強い子だ。

「辛《つら》かったら、多少引き留めてもいいんですよ。尤《もっと》も、私の意志は固いですからね。引き留められたりはしないので、無駄《むだ》な事ですが」

「分かった！　無駄なら引き留めない！」

「こめっこ。強い子に育ってくれたのは嬉《うれ》しいのですが、ちょっと切ないです」

「姉ちゃんは構ってちゃん」

「!?」

――妹と一緒《いっしょ》に風呂《ふろ》に入った後、今日ぐらいは一緒に寝《ね》ようかと誘《さそ》ってみる。

「姉ちゃんは甘ったれ」

「こ、こめっこ!?　構ってちゃんだとか甘ったれだとか、そんな言葉を一体どこで覚えてきたのですか!?」

「ご近所さんのぶっころりー」

「あのクソニートですか」

明日、旅に出る前に一発食《く》らわせてやろう。

居間に、てきぱきと自分の布団《ふとん》を敷《し》くこめっこ。

何となくこめっこの布団に入り込むと、今度は甘ったれと言われる事もなく一緒に寝てくれた。

なぜだろう、立場が逆転している気がする。

姉としては、最後くらいもっと甘えて欲しいのだが。

真っ暗な部屋の中。

布団の中でこめっこの手を握《にぎ》ると、キュッと握り返してきた。

「……こめっこ。私がいない間に何かあったら、すぐに周りの大人達に言うのですよ」

「うん、分かった」

しっかりした妹だが、まだ幼いのだ。

明日、ご近所さんにお願いしておこう。

「ちょっと頼りないですが、イザとなったらぶっころりーにでも相談しなさい。あの人は大体毎日暇《ひま》していますので」

「分かった。食べ物がなくなったらもらいに行く！」

あのニートにそんな甲斐性《かいしょう》があるだろうか。

「寂《さび》しくなったら、ゆんゆんの家に行きなさい。きっと甲斐甲斐しく世話してくれます。というか、きっと寂しそうにしてるので、たまには構ってあげてくださいね」

「うん、分かった……」

こめっこの声が、先程《さきほど》よりも小さい。

というか、声が眠《ねむ》そうだ。

「……父や母には手紙を書いておきます。帰ってきたら、それを渡《わた》してください。尤も、以前からお金が貯《た》まり次第《しだい》旅に出るとは伝えてあります。なので、私がいなくても心配する事はないでしょう」

「うん……」

いよいよ眠そうなこめっこの声。

それを聞きながら、妹の小さな体を抱《だ》きしめた。

私はもしかするとシスコンなのかもしれない。

今の内に妹成分を補給しておこう。

……と、暗闇《くらやみ》の中、こめっこが。

「姉ちゃん」

「……？　何ですか？」

抱きしめられたままだったこめっこが、私をギュッと抱きしめ返し、小さな声で。

「早く帰ってきてね」

……もうシスコンでいいや。

私は朝まで、こめっこを抱きしめたまま離さなかった。

――翌朝。

布団の中で眠るこめっこを起こさない様、静かに布団から抜《ぬ》け出した。

ゆんゆんからもらったローブに袖《そで》を通す。

そして、あるえにもらった眼帯を着け、鏡の前に立ってみた。

……あれっ、悪くない。眼帯をちょっと気に入ってしまった。

続いて帽子《ぼうし》を深く被《かぶ》り、杖《つえ》を手にした。

改めて自分の姿を鏡で見ると、我ながらほれぼれしてしまう。

「姉ちゃん、それ何の遊び？」

鏡の前でポーズを取っていると、いつの間にか私の真似《まね》をするこめっこがいた。

しっかりと朝食を取った後、念入りに荷物をチェックする。

忘れ物はなさそうだ。

と言っても、元々物を持っていないから忘れる物などないのだが。

と、私が家を出ようとした、その時だった。

「姉ちゃん、わすれもの！」

念入りに点検したにも拘《かか》わらず、こめっこが何かを持って追い掛《か》けてきた。

「何か忘れてましたっけ」

「お弁当！」

こめっこが、大きな塊《かたまり》を押しつけてくる。

……どうやら私のために、弁当を作ってくれたらしい。

中をそっと見てみると、大きなおにぎりが包まれていた。

旅立つ直前に幼い妹にこんな事をされてしまうと、旅に出るのを中止して、こめっこと楽しく生きていこうかと迷ってしまう。

「あと、甘ったれな姉ちゃんが寂しくない様に、これもあげる」

失礼な事を言いながら押し付けてきたのは、こめっこが寝る前に私がよく読んであげたあの絵本。

確かこの子の宝物だったはずなのだが。

私は苦笑《くしょう》しながら、その絵本を荷物にしまう。

それを見たこめっこは、満足そうに笑《え》みを浮《う》かべると。

「姉ちゃん、頑張ってね！　一番強くなってね！」

「……分かりました。約束しましょう我が妹よ。いつかこの私が、『最強の魔法使《まほうつか》い』と呼ばれるまでになってやりますから！」

幼い妹の前で格好をつけ、もらったマントをバサッと翻《ひるがえ》してみる。

これは良いかもしれない。

ゆんゆんには、良い物をもらってしまった。

こめっこが、小さな拳《こぶし》を握りしめ。

「魔王《まおう》をたおしてきてね！」

「ま、魔王ですか？　それはその、ゆんゆんには一応強がりで言ってはみましたが……」

「たおしてきてね！」

「……頑張《がんば》ります」

押しに負けてそう告げると、こめっこは満足そうに笑顔を見せた。

9

外に出ると、目が痛くなる程の快晴だった。

旅立ち日和《びより》というヤツだ。

と、旅立つ前に行く所がある。

「おはようございます。ぶっころりーはいますか?」

「おうめぐみん。いらっしゃい。倅《せがれ》ならまだ寝てるよ」

ご近所さんの靴屋《くつや》に入った私は、妹が困っている時は助けてやって欲しいと頼《たの》む。

「任せときな。元々親御《おやご》さんからも、めぐみんとこめっこの二人を見てやってくれと頼まれてるしな! 後のことは任せとけ。めぐみんも、困った事があればいつでも言ってくれていいぞ」

その言葉に安心すると。

「それなら、実は一つ、困っている事があるのですが」

「おっ? 何だ、言ってみな」

私は眉根《まゆね》を寄せ、暗い顔をすると。

「実は、お宅のぶっころりーが、妹に良くない言葉を吹《ふ》き込むんです。それを止《や》めさせて欲しくて……」

「よ、良くない言葉!? そりゃ一体、どんな……」

「女の子の口からはとても言えません」

「あの野郎《やろう》!」

ぶっころりーの名を叫《さけ》びながら、二階へと駆《か》け上がっていく店主。

これで良し。

これに懲《こ》りたら、しばらくはこめっこにおかしな言葉を吹き込む事もないだろう。

靴屋を後にした私は、荷物を背負い直し、里の転送屋に向かった。

水と温泉の都アルカンレティアへの片道切符《きっぷ》が三十万エリス。

今の手持ちのほとんどになる。

街に着いたなら、ちょっとバイトでもしなければ……。

いや、早速冒険《さっそくぼうけん》者として仕事を受注してもいい。

そうだ、一発しか魔法《まほう》を撃《う》てないとはいえ、使いどころを間違《まちが》えなければ何者にも負けないはず。

私を有効活用してくれる仲間に出会えれば良いのだが……。

そんな事を考えている間に転送屋の前に着いていた。

「あんた遅《おそ》いわよ。朝早くから待ってる身にもなってよ」

転送屋に入ろうとすると、後ろから声を掛けられる。

振《ふ》り返ると、そこにはふにふらやどどんこ、あるえを始め、クラスメイトの面々がいた。

どうやら見送りに来てくれたらしい。

「……皆暇《みんなひま》なんですね」

「あんた、最後ぐらいありがとうとか言えない訳⁉」

ふにふらが顔を赤くして食って掛かってくる。

と、一人だけ姿が見えない事に気が付いた。

私がキョロキョロしていると、ふにふらが怠《だる》そうに言ってくる。

「ゆんゆんなら来ないわよ。何か、親と大事な話があって来られないんだってさ」

「べ、別に何も言ってませんが⁉」

私の言葉を聞き、ふにふらとどどんこがニヤニヤと笑みを浮かべる。

……くっ、今日が旅立ちの日でなければ泣かせてやるところなのに。

私がギリギリと歯を噛《か》みしめていると、あるえがピッと私の着けている眼帯を指さした。

「似合ってるよ」

「大事にしますよ」

相変わらず良く分からない友人と、私は別れの挨拶《あいさつ》を交《か》わす。

「アルカンレティア行きのテレポート、そろそろ発動しまーす。テレポートは一回につき四人まで。次のテレポートは昼過ぎになります。転送をご利用の方はお早めにー」

転送屋の声を聞き、私は皆に手を振り背を向けた。

結局、ゆんゆんには会えず仕舞《じま》いだった。

まあ、元々見送りには来ないと言っていたし、友達が少なく寂しがり屋なあの子の事だ。

顔を合わせてしまうと私に付いてきたがるかもしれないから、これで良い。

心残りがないといえば嘘《うそ》になるが……。

店主に銀貨を袋《ふくろ》ごと手渡《てわた》し、他《ほか》のお客さんと共にテレポート用の魔方陣《まほうじん》の上に乗る。

魔方陣を使用すると、転送事故が起こりにくく、魔力《まりょく》の消費も少なくて済むそうだ。

行き先は水と温泉の都アルカンレティア。

初めての里の外だ、緊張《きんちょう》するなという方が無理がある。

でも、緊張と同じぐらいに期待もしている。

今の私は、負ける気がしない。

こめっこと約束したのだ。

『最強の魔法使い』になる事を。

「はい、それじゃあいきますよー。魔法に抵抗《ていこう》しないように、力を抜いてくださいねー」

店主の声を聞きながら、目を閉じて力を抜く。

そして、先程《さきほど》見送ってくれたクラスメイト達の顔を思い出した。

自然と体に力が湧《わ》いてくる。

私は、まだ見ぬ世界を思い描《えが》きながら。

「それでは、どうか良い旅を。『テレポート』！」

転送魔法をその身に受けた——

幕間劇場【弐幕】

——アクア様、挫けません！——

ひもじい。

あの魔剣《まけん》使いの美少年に食事をたかっていたのだが、とうとう逃《に》げられてしまった。

毎日泣いて駄々《だだ》をこね引き留めていたのだが、朝起きたら書き置きと共にいなくなっていたのだ。

書き置きには、女神《めがみ》様から貰《もら》った力で世界を救いたいとかよく分からない事が書いてあったが、世界よりも先に、困窮《こんきゅう》した私の生活を救って欲しい。

彼は、きっと良いアクシズ教徒になれると思っていたのだが……。

逃げられてしまったものはしょうがない。

これからどうやって食いつないでいくかを考えないと……。

学校の近くに募金《ぼきん》箱を置いておくのはどうだろうか。

純粋《じゅんすい》な心を持つ優《やさ》しい子供達が、お小遣《こづか》いを寄付してくれるかもしれない。

……でも、これをやると人として大事な何かを失う気がしないでもない。

なら、この麗《うるわ》しい美貌《びぼう》を使って一稼《ひとかせ》ぎしようか？　アクシズ教団の美人プリーストとして有名な私がそんな事をすれば、教団のイメージダウンは必至だろう。

……いやいや、とはいえ、このままでは再び三食ともにところてんスライムになる。

幾《いく》ら私の好物とはいえ、流石《さすが》に飽《あ》きが……。

となると、もはやアレしかないか——

「——セシリーだ！　セシリーが出たぞ！　アクシズ教団の破戒僧《はかいそう》がまた来やがった！」

「おいセシリー、今日は何しに来た⁉　ここにはもう、お前好みの年若いエリス教徒はいないぞ！　お前がマメにちょっかいをかけに来たせいで、心配になった子持ちのエリス教徒達は全員他の街に行っちまった！　おかげで、この街のエリス教徒はめっきり数を減らしたんだぞ！　また何か嫌《いや》がらせをしようってんなら、今日こそは相手になるぞ！」

エリス教会を背にした二人の男が、失礼な事を言いながら私の前に立ちはだかった。

「私のせいで信者が減ったみたいな言い方は止めてもらえます？　私は、何も知らない無垢《むく》な少年や少女達に、当教団の教えを説いていただけですよ。既《すで》に何らかの宗教に入っている方には、説法してはいけないとでも？」

「お前んとこの教義は子供に悪影響《あくえいきょう》を与《あた》えるんだよ！　『アクシズ教徒はやればできる。できる子達なのだから、上手《うま》くいかなくてもそれはあなたのせいじゃない。上手くいかないのは世間が悪い』だの、『自分を抑《おさ》えて真面目《まじめ》に生きても、頑張らないまま楽に生きても、明日《あした》は何が起こるか分からない。なら、分からない明日の事より、確かな今を楽に生きなさい』だの！　お前んとこに遊びに行った子供達は、皆バカになって帰ってくるんだよ！　ハッキリ言って迷惑《めいわく》なんだ、頼むからもう子供に寄るな！」

子供好きな美人お姉さんで知られるこの私に、罵声《ばせい》を浴びせかけるエリス教徒。

「……この教会にはよく顔を出しに来たけれど、二人ともそんな風に思っていたのね。私、私ね……？　たとえ宗派は違《ちが》っても、プリーストという職業同士、いつか分かり合えると思ってた……」

辛辣《しんらつ》なその言葉を受けた私は、拳《こぶし》を握《にぎ》って俯《うつむ》きながら、声を震《ふる》わせ呟《つぶや》いた。

「……セ、セシリー？　お、おい、そんな反応は止めてくれよ、何だか罪悪感が……。ちょ、冗談《じょうだん》だよな？　傷ついたフリ……だよ……な……？」

「い、いや、俺達も少し言い過ぎた！　そ、そうだよな、迷惑だとか、子供に寄るなはダメだよな!?　違うんだ、ほら、いつものお前さんを見てるとだな、もっとこう……」

私は顔を伏《ふ》せたまま、青い顔をして慌《あわ》てふためく二人の横をすり抜《ぬ》けて、なぜかエリス教会の入り口に並べてあった、パンが詰まった袋を摑《つか》む。

「えっ？　セ、セシリー？　お前、一体何を……」

「……おい。お、おい、お前それは……！」

私はバッと顔を上げると、

「可憐《かれん》な美人プリーストを傷つけるだなんて、エリス教徒は地獄《じごく》に落ちろー！」

パンの詰まった袋をひったくって駆けだした。

「こ、こら待て、行くなっ！　それは食事もままならない可哀想《かわいそう》な人に向けた、俺達が金を出し合って買った配給用のパンで……！」

追いかけようと縋《すが》る男を、私はチラリと振り向いて。

「魔剣持ちの美少年に逃げられたあげく、あんた達に虐《いじ》められた私が可哀想な人じゃないって言うの!?　止《や》めてよ、こんな時だけ行くなだとか、今更《いまさら》優しくしないでよ！　引き留めたりしないでよ、もう私の事は放っておいて！　付いてこないでっ!!」

私は、未練たらしく縋り付いてくる二人を振り切ると。

今も見守ってくれているであろうアクア様に、祈《いの》りを捧《ささ》げた。

――アクア様。私、挫けません！

「ふざけんなバカ、お前なんてどうでもいいよ！　パンだよパン！　パン返せえっ!!」

第三章

ネの都の迷惑教団《トラブルメーカー》

1

友人達からもらった装備に身を包み。

妹と最強の魔法使《まほうつか》いになるとの約束を交《か》わし。

何者にも絶対に負ける気がしない。

……そう思っていた時期がありました。


「──まさか、冒険者《ぼうけん》ギルドがレベル制限をしているとは……」

両手で握った杖《つえ》に体重を預けながら、私は深々とため息を吐《つ》いた。

──水と温泉の都アルカンレティア。

この街の周辺に生息しているのは、強いモンスターばかりだそうだ。

ゴブリンやコボルトなどのいわゆるお手軽なモンスターもいるにはいるが、それらは大概《たいがい》、初心者殺しというモンスターがセットで付いてくるそうな。

そのため、この街の冒険者ギルドでは、低レベルの冒険者はクエストを請《う》けさせてもらえないのだ。

私の爆裂魔法《ばくれつまほう》ならどんな強敵でも屠《ほふ》れる自信はあるのだが、そもそも仕事をもらえないのでは話にならない。

私が目指すのはアクセルの街。

アクセル行きの馬車代を手に入れたかったのだが……。

この街にやってきたその足で、冒険者ギルドに直行した結果が、今のこの有様だった。

「どうしたものでしょうか……。馬車代が一体いくら掛《か》かるのかは分かりませんが、手持ちではまったく足りない事だけは間違《まちが》いなさそうですし……」

これからの事を考えながら、公園のベンチで財布《さいふ》の中を覗《のぞ》いてため息を吐いていると。

切羽詰《せっぱつ》まった様な大声が聞こえてきた。

「――アクシズ教！　アクシズ教をお願いします！」

「アクア様を共に愛《め》でませんか？　敬いませんか？　仕えませんか？　きっと、あなたの人生が色んな意味で劇的に変わる事うけあいですよ！」

アクシズ教。

水の女神アクアを崇《あが》める、変わり者な信者が多いと噂《うわさ》の、知名度だけはメジャーな宗教。

そのアクシズ教徒達が、大声で信者の勧誘《かんゆう》をしていた。

「教団に伝えられているアクア様の様々な逸話《いつわ》を聞けば、きっとあなたもアクア様を放っておけなくなりますよー！」

「アクシズ教に入れば、芸達者になれるだの、アンデッドモンスターにモテモテになるだの、様々な特典がありますよー！」

……芸達者はともかく、アンデッドに好かれやすくなるのは問題なのでは。

声の主は、二人の若い女性信者。

必死で呼び掛けているみたいだが、結果はかんばしくない様だった。

「何か、あの人達も大変そうですね……」

アクシズ教徒から目を離《はな》し、アルカンレティアの街並みに目を向ける。

ベテラン冒険者向けの地域なだけはあり、ちらほら見えるこの街の冒険者達は、誰《だれ》もかれもが高級な装備に身を包みとても強そうだ。

とても私の様な、駆《か》け出しを仲間に入れてくれるとは思えない。

「あっ、そこの友達いなそうなあなた！　何となく幸薄《うす》そうですが、アクシズ教団に入るともれなく幸運が訪《おとず》れますよ！」

「さ、幸薄そう……。あ、あの、それって友達とかもできますか……。じゃないや、ご、ごめんなさい、今は人を探しているんでした、お話はまた今度聞かせてください！」

となると、お金を稼《かせ》ごうと思うなら実入りの少ない一般《いっぱん》のバイトぐらいしか……。

「……ッ!?」

私はバッと立ち上がり、ついさっき背後から聞こえた、どことなく聞き覚えのある声に慌てて振《ふ》り向く。

だがそこには、長年喧嘩《けんか》に明け暮れたあの子の姿はなく、勧誘に励《はげ》むアクシズ教徒達がいるだけだった。

私は、潜在《せんざい》意識下であの子を頼《たよ》りにしてしまっていたのだろうか。

ちょっと恥《は》ずかしくなり、顔が赤くなっていくのを感じた。

……と、いけない。

今は他人に構っている暇《ひま》もない、仕事を見つけなければならないのだ。

紅魔《こうま》の里ではまともに働けなかったが、アレはあくまで紅魔の里が特別だったからだ。

上級魔法《まほう》を扱《あつか》える事が前提の仕事ばかりだから失敗したのであって、魔法を使わないですむ野菜の収穫《しゅうかく》などは問題なくできた。

それに、ふにふら達が余計なちょっかいを掛けたりしなければ、定食屋のバイトだって務まっただろう。

紅魔族随一《ずいいち》の天才に、務まらない仕事の方が少ないはず。

自分に何度も言い聞かせ、私は、意気揚々《いきようよう》とバイト探しに繰《く》り出した──

2

「クビ」

「ま、待ってください店長！　クビはあんまりです、これには訳がありまして！」

「分かった、その訳とやらを聞こうとも」

居酒屋のスタッフルームにて、私は店主に縋《すが》り付いていた。

アルカンレティアに来てから、この店で早十軒《けん》目のバイト先になる。

ここでまたクビにされる訳にはいかないのだ。

「実は、私を見たお客さんが、子供が酒場に紛《まぎ》れ込んでいるんだと思い、『こんな所に来ちゃダメだよお嬢《じょう》ちゃん、お母さんのとこへ行きな？』などと、私を店の外に追い出そうとしまして」

「なるほどなるほど」

うんうんと頷《うなず》く店主。

……これはいけそうだ！

「それでですね、私はお客さんにこう言った訳です。『おい、お嬢ちゃんとは誰の事を言っているのか聞こうじゃないか。どこを見て子供だと判断したのか言ってみるがいい』と。その言葉に、『身長とか胸とか諸々《もろもろ》』と無礼な事を言ったお客さんに、手にしていた熱々のおでんを」

「クビ」

「店長ーっ！」


——この街に転送されてから一週間が経《た》った。

いくつもの店を回ったのだが、未《いま》だまともに働けていない。

ひょっとして私は社会不適合者だったのだろうか。

天才と謳《うた》われた、この私が。

「ま、まだです……。飲食関係は全滅《ぜんめつ》しましたが、まだ他《ほか》にも仕事はあるはず……！　そう、これまでは単に運が悪かっただけです……！」

自らを奮い立たせようと独り言を呟《つぶや》きながら、フラフラと通りを歩く。

馬車代を稼ぐどころか、食事代すらままならない。

既《すで》にかれこれ二日、何も食べていなかった。

手持ちのお金は底を突《つ》き、宿泊《しゅくはく》先も宿屋の馬小屋。

……これは私の思っていた冒険者生活とは違《ちが》う。

かといって、飲食店のバイトは軒並《のきな》み全滅。

他に私にできそうな仕事といっても……。

「……お前は、毎日どこかで餌《えさ》をもらってきているみたいですね。一体誰にご飯をもらっているのですか？」

足下《あしもと》にまとわりついてくるちょむすけを抱《だ》き上げ、道端《みちばた》に座り込んだ。

誰にご飯をもらっているのかは知らないが、この子は今のところ飢《う》えている様子はない。

ちょむすけと同じ物でいいから、私も一緒《いっしょ》にご飯とかもらえないだろうか。

私が、人として危険な考えに傾《かたむ》きかけていたその時。

途方《とほう》に暮れて空腹でへたり込む私の耳に、突如甲高《とつじょかんだか》い悲鳴が聞こえてきた――

「――くっ！　あなた、か弱い女性相手にこんな事をして、恥ずかしくはないのですか⁉」

「こ、こいつ……っ！」

「あんた、何を開き直ってるんだ！　いい加減に……！」

悲鳴を聞き駆けつけると、そこには若い男達に手を摑《つか》まれた綺麗《きれい》なお姉さんが。

こっ……、これはっ！

私は割って入る様に飛び出すと、バサッとマントを翻《ひるがえ》した。

「そこまでです！」

「「「!?」」」

突然《とつぜん》の乱入者である私に驚《おどろ》き三人の動きが一瞬《いっしゅん》止まる。

と、我に返るのが一番早かったのは絡《から》まれていたお姉さんだった。

「助けてください！　この人達が、『まったく、可愛《かわい》い顔しやがって誘《さそ》ってんのか？　こんな魅惑《みわく》的な体で街中をウロウロしてたら何されたって文句は言わせねえぜ！』とか言って無理やりどこかへ連れ去ろうと！」

「「い、言ってない！」」

即座《そくざ》に男達がツッコむが、この状況下《じょうきょうか》でどちらを信じるかと言われれば……！

「**我が名はめぐみん！　紅魔族随一の魔法の使い手にして、爆裂魔法を操《あやつ》りし者！**　フッ、この私が来たからには、見過ごす訳にはいきませんよ！」

「おいあんた、紅魔族か⁉　ちょ、ちょっと待ってくれ、何か勘違《かんちが》いしているぞ！　こっちが被害者《ひがいしゃ》なんだよ！」

「は、早まるな、まずは話をしよう！」

男達は泡《あわ》を食った様に慌《あわ》てて言い訳する。

「残念でしたね！　そこらのボンクラ相手ならともかく、この私の紅《あか》い瞳《ひとみ》の前には、そんなごまかしなど通じませんよ！」

「いや、あんたのその紅い瞳は節穴だよ！」

「そう、俺達はこの街のエリス教徒で……ああっ⁉　し、しまった！」

私達のやり取りの隙《すき》をつき、絡まれていたお姉さんが走って逃《に》げた。

……というか、エリス教徒？

「おいあんた、どうしてくれるんだよ！　あの女はアクシズ教徒だぞ！　ウチの教会の、エリス様の肖像画《しょうぞうが》に落書きしていきやがった！」

ど、どうしよう。

「こないだは、ウチの教団が毎日行っている、恵《めぐ》まれない人向けに配っていたパンを全部強奪《ごうだつ》していったんだ！」

確か、この街はアクシズ教団の総本山だと聞いていた。

アクシズ教徒には変わり者が多いと聞いてはいたが、まさかそこまでフリーダムに生きているとは……。

「そそ、それはその、申し訳ありません……。な、何分この街に来たばかりでして……」

慌てる私に、二人のエリス教徒が詰《つ》め寄ろうと……。

——した、その時だった。

「お巡《まわ》りさん、あそこです！」

突然の声に振り向《む》くと、そこには、先程《さきほど》逃げだしたアクシズ教徒のお姉さんがいた。

しかも……。

「ああっ⁉　どうせアクシズ教徒の言う事だからと話半分で来てみれば、ほ、本当にエリス教徒が幼い少女に絡んで……⁉」

警察の人とおぼしき男性を引き連れて。

「ちょっ⁉　そこのアクシズ教徒が何を言ったのかは知りませんが、俺達は別に何も！」

「そ、そうですよ！　俺達はただ、ウチの教会に落書きしてったそこのアクシズ教徒を捕《つか》まえようと……！」

口々に言う二人に、アクシズ教徒のお姉さんが警察官に耳打ちした。

「聞きました？　あんないたいけな少女だけでなく、私まで捕まえて何かするつもりなんですよ」

「おいそこのエリス教徒二人！　ちょっと話を聞こうか！」

「『ええっ！』」

警察官が男達の下《もと》に行くのと同時に、お姉さんが私の所へとやって来る。

「もう大丈夫《だいじょうぶ》よ！　怖《こわ》かったでしょう、さあ今のうちに！」

「えっ！　いや、あのエリス教徒達は……!?」

急展開についていけず戸惑《とまど》っている私に、お姉さんが手を差し伸《の》べた。

「あっ!?　そこのアクシズ教徒とお嬢ちゃん、待ちなさい！　あなた達にも詳《くわ》しい事情を聞かないと……！」

私の手を取り逃げようとするお姉さんに向け、警察官が言ってくる。

「ほら走って！　逃げるわよっ！」

「わ、私は別に、逃げる必要は……！」

後ろで何か喚《わめ》いている警察官を尻目《しりめ》に、私はお姉さんに引っ張られていった。

「──大丈夫？　怪我《けが》はない？　……ふう、間一髪《かんいっぱつ》で間に合ったみたいね。危ないところだったわ」

「何言ってるんですか、どうして私が助けられたみたいな感じになっているのですか！　というか、私は何もしていないのですから逃げる必要もなかったのに！」

お姉さんに無理やり連れさられた後。

なぜか私達は、二人仲良く路地裏に隠《かく》れていた。

「何を言っているの、あのままあそこにいたら、邪悪《じゃあく》なエリス教徒によって酷《ひど》い目に遭《あ》わされていたに違いないわ。だって、あなたってロリロリしくて可愛いもの！　それから助けてあげたんだから、お礼を言っても罰《ばち》は当たらないわよ？　あ、ちなみに、お礼がしたいと言うならこの入信書にサインを……」

そう言って、懐《ふところ》から何かの紙を取り出そうとしたお姉さんの手を掴む。

「いえ、あの人達そんな悪い人には見えませんでしたよ!?　それに、アクシズ教には入りませんから！　というか本当に、なぜ私がお礼を言わねば……」

と、反論していたその時、私のお腹《なか》がキューと鳴る。

……もう二日も何も食べていないのだ、変なお姉さんに構っている余裕《よゆう》はない。

「お腹が空いているのね。それなら……。まあ、お姉さんについてきなさいな、悪い様にはしないから！」

構っている余裕は……。

「私はアクシズ教団のプリースト、セシリーよ。私の事は、遠慮《えんりょ》なくセシリーお姉ちゃんって呼んでくれていいからね？　まずは美味《おい》しい物でも食べながらお姉ちゃんとお話ししましょうか！」

……胡散臭《うさんくさ》い笑顔《えがお》を向けてくるセシリーの言葉に、私は抗《あらが》うことができなかった。

3

「ロ、ロリっ子……!?」

「──ロリっ子だ……。我が教団に、ロリっ子枠《わく》ができた！」

「それ以上ロリっ子呼ばわりするなら受けて立ちますよ！　紅魔《こうま》族の本気を見せてやります！」

アクシズ教団の本部である大教会。

そこに連れてこられた私は、ロリっ子ロリっ子ともてはやされていた。

「まああめぐみんさん。我が教団の男性信者は、この街の子供に近づく事を条例で禁止されてしまいまして。そんな彼らの気持ちも分かってあげてください」

「子供に近づく事を禁止されるとは、いったい何をやらかしたのですか？」

若干《じゃっかん》引きながら教団の人達を見ていると、セシリーに指示を受けたアクシズ教徒がいそいそとご飯を持ってきてくれた。

「さあ、どうぞ召《め》し上がれ」

「……これ食べたら、その瞬間《しゅんかん》からアクシズ教徒ですとか言い出しませんよね？」

「い、言いませんとも。ええ、アクア様に誓《ちか》って、そんなケチな事はもちろん言いません」

言おうとした雰囲気《ふんいき》がありありと見て取れる。

何となく周囲を警戒《けいかい》しながらご飯をがっついていると、奥から白髪《しらが》の混じったおじさんが、隣《となり》に秘書みたいな女性を連れてやって来た。

ニコニコと、人の良さそうな顔をした男性。

その人は、どことなく只者《ただもの》ではない雰囲気を漂《ただよ》わせている。

「おお、これは可愛らしいお客さんですね。当教団へようこそ！　私は、この教団のアークプリーストを務めております、ゼスタと申します」

ゼスタと名乗ったその人は、そう言って私に笑い掛《か》けた。

「アークプリースト……。それは凄《すご》いですね。元来、プリースト適性のある人はあまり多くないと聞きますが、その上位職であるアークプリーストとは……」

只者ではないとの私の予想は当たっていたらしい。

「いえいえ、生まれながらにアークウィザードの適性を持つ、あなた方紅魔族も、とても凄いと思いますよ？」

ゼスタが笑いながら。

「ところでお嬢《じょう》さん。聞けば、仕事も見つからず行くあてもないのだとか。よろしければ、この教会の一室を貸し出しましょう。仕事が見つかるまでお世話致《いた》しますよ」

そんな、プリーストらしい慈悲《じひ》深いお誘いをしてくれた。

それは凄くありがたい。

「感謝します、図々《ずうずう》しいとは思いますが、本当に困っていたもので……。何か、私にできる事があれば、何でも言ってください」

「今、何でもと言いましたか」

私の言葉に、途端《とたん》に真顔になるゼスタ。

しまった、早まっただろうか。

入信しろとか言われてしまうかもしれない。

「ええっと。な、何でもというのは言葉のあやで……」

「どうしましょうか、それでは……。私の事をお兄ちゃんと……、いや、お父さ……。いやいやいや、ここは下着……。ううむ、私を椅子《いす》に……」

「すいません、ちょっと何を言っているのか分からないです」

ゼスタからおかしな言葉の断片《だんぺん》が聞こえ、ドン引きしていると。

「ああっ、偉大《いだい》なる女神《めがみ》アクア様！　迷える私に導きを！」

「すいません。この変態は何なんですか？」

「変態ではありません、ゼスタ様です。このたび次期最高司祭を予定されている、アクシズ教団最高責任者のゼスタ様です」

頭を抱《かか》えて何を要求しようかと悩《なや》む変態を見ながら、ゼスタの隣にいた女の人が言ってきた。

「このおっさんが次期最高司祭だとか、大丈夫なんですかこの教団は？」

「おっさんではありません、ゼスタ様です。こう見えて、やる時はちゃんとやってくれる方ですから。まあ……。多分大丈夫じゃないでしょうか……」

私が女の人とそんな事を言い合っていると。

「ゼスタ様。何やらお楽しみのところ申し訳ないのですが……。こちら、今期の信者勧誘《かんゆう》率の報告書です。やはり、邪悪なエリス教徒の暗躍《あんやく》により成果はかんばしくなく……」

一人の信者が、未《いま》だ悶《もだ》えているゼスタに書類を差し出す。

「む……。困りましたね。それではアクア様に顔向けができません。仕方ない、今日もエリス教の教会に行って、あの美人神官に嫌《いや》がらせをし、ストレス発散がてらに妨害《ぼうがい》を……」

「いやちょっと待ってください。普段《ふだん》からそんな事ばかりしているんですか？　というかやはり、先程エリス教徒に追われていたのって……」

思わずツッコみ、私をここまで案内してくれたセシリーの方をチラリと見ると、ふいっとあさっての方に目を逸《そ》らした。

この人達は、根っからの悪人ではないのだろう。

悪人ではないのだろうが、どこか色々とおかしいのは間違《まちが》いない。

「勧誘方法を変えるのはどうだろう。エリス教の関係者を装って勧誘し、いざサインをする段階になったらアクシズ教団入信書に名前を書かせるとか……」

「いや待て、それだとすぐに逃《に》げられてしまう。それなら……」

ロクでもない相談を始めたアクシズ教徒達。

久しぶりの食事を終え、満足げに息を吐《は》く私は、そんな彼らの様子を見ながら、

「……効率の良い勧誘方法をお探しですか」

口元を拭《ぬぐ》い声を掛けた。

「知能が高いと有名な、紅魔族の知恵《ちえ》はご入り用ですか？」

その私の言葉に、ゼスタを始めとしたアクシズ教徒達が顔を見合わせた。

4

翌朝。

「本当に良いのですかめぐみんさん？　我々としては助かりますが」

「ご飯代と宿代の代わりです。おかしな要求をされるより、ずっとマシですから……」

私はグッタリしながらも、ゼスタに返す。

昨夜は酷い目に遭った。

セシリーというあのお姉さんと一緒《いっしょ》にお風呂《ふろ》に入ったのだが、お風呂で色んなちょっかいをかけられたり、その後布団《ふとん》の中に突撃《とつげき》されたり……。

悪い人じゃないとは思うのだが、おかしな趣味《しゅみ》でもあるのだろうか。

頭《かぶり》を振《ふ》って昨夜のロクでもない思い出を振り払《はら》うと、ゼスタと共に街の路地裏に身を潜《ひそ》めながら、改めて様子を窺《うかが》う。

――私は一宿一飯のお礼として、ゼスタに色々な勧誘方法を提案していた。

「いいですか？　人の良さそうなのが通ったら、まず私が、この買い物袋《ぶくろ》の中のりんごをワザと転がします」

私の言葉にゼスタが頷《うなず》く。

「そして、慌《あわ》ててりんごを拾う私を憐《あわ》れに思って手伝ってくれた優《やさ》しい人を、お礼と称《しょう》して近場の喫茶店《きっさてん》などに連れ込む訳です。そこで、世間話などをしている私達に、ゼスタさんを始めとしたアクシズ教徒達が、偶然《ぐうぜん》を装って通り掛かる訳ですよ。後は、私の友人を自称《じしょう》し、数人でテーブルを取り囲み、脅《おど》……説法という名の勧誘を」

「素晴《すば》らしい！　なんて素晴らしい！　それは成功率が高そうだ！」

盛り上がるゼスタに、指を口元にあて、シッと静かにする様指示を出す。

「見てください。早速《さっそく》、良さそうなのが来ましたよ」

路地裏から様子を窺っていた私の前に、人の良さそうなお姉さんがやって来た。

よし、後はこの買い物袋を持って、お姉さんの前で中身をこぼせば……！

と、その時だった。

ゼスタが、私が持っていた買い物袋をひったくり、お姉さんの前に飛び出していく。

そして、盛大に中身をぶちまけた。

「ちょっ！」

突然《とつぜん》のフライングに固まっていると、ゼスタは私の目の前で、転がるりんごをせっせと拾い集める。

人の良さそうなお姉さんは、ちょっと引きながらもりんご拾いを手伝ってくれた。

「ああっ、すいませんお嬢さん！　これは何かお礼をしないとですね！　丁度、この先に良い感じの喫茶店があるんですよ！」

まだあちこちに散らばるりんごには見向きもせず、鼻息荒《あら》くお姉さんにお礼の話をしだしたゼスタ。

どうやら、相手のお姉さんが好みのタイプだった様だ。

それで、自分が計画を実行する気になったらしい。

「い、いえ、お礼だなんて……。それより、りんごが……」

「りんごなんてどうでもいいです、喫茶店でお礼を！　さあ、ほら早く！」

「あっ、いいですいいです！　お礼なんていいですから！　大丈夫《だいじょうぶ》みたいですし、私はこれで！」

食い下がろうとするゼスタに恐《おそ》れをなし、慌てて逃げていくお姉さん。

それを見送りながら、買い物袋を手にしたゼスタがポツリと言った。

「……紙一重《かみひとえ》でしたね」

「あなたはもう帰ってください」


——場所を変え、次なる作戦に移ることに。


「次は、先程《さきほど》の様におかしな事になられても困るので、ペアでいきましょう。……とはいえ、次の作戦を実行するにあたり、ゼスタさんはしょぼくれたおっさんといった感じで迫《はく》力《りょく》が足りないんですよね。どうしましょうか……」

「めぐみんさん、私だって傷つく時もあるのですが」

ゼスタの抗議《こうぎ》を聞き流し、私は路地裏に身を隠《かく》す。

「まあいいでしょう。次は、正義感の強そうな男性を狙《ねら》います。まず私が、悲鳴を上げて注意を惹《ひ》きます。そしたらゼスタさんは私に迫《せま》ってください。そこを、正義感の強そうな男性に助けてもらいましょう。後は、先程と同じです。お礼と称して……」

「なるほど、作戦の概要《がいよう》は理解しました。……ところで、めぐみんさんに迫るっていうのはどこまでやってもいいんでしょうか」

「指一本でも触《ふ》れたら通報してやりますからね。……っと、来ましたよ！」

標的となる男の人が歩いてきた。

見るからに人の良さそうな、それでいて強そうな感じの男の人。

「よし、あの人ならいけそうですね！　では、参ります！」

私は路地から飛び出すと、男の人の注意を惹くように声を上げた。

「誰《だれ》か！　誰か、助けてくださいっ！」

私の悲鳴に辺りの人達が注目する。

当然、正義感が強そうなその人も。

「この危なそうなおじさんが、私を無理や……り……？」

私に続いて路地から飛び出し、迫ってくる予定のゼスタ。

だが彼は、路地裏で身を小さくして目を逸らしていた。

「ちょ、ちょっと何をやっているのですか！　もう注目を集めてしまいましたよ！　ほら、早く迫ってきてください！　このままじゃ私、突然意味もなく悲鳴を上げた痛い子ではないですか！　見られてます、見られてますって！」

私がゼスタに向けて囁《ささや》く中、後ろから肩《かた》を叩《たた》かれた。

「ええっと、お嬢《じょう》さん。ちょっといいかな？　こういう者なんだけど」

恐る恐る振り向《む》くと、そこには正義感の強そうなターゲットのお兄さん。

彼は、黒い手帳を持っていた。

それは……。

「休暇《きゅうか》中の警察の者なんだけどね。いったい何の騒《さわ》ぎなのか聞かせてもらってもいいかな？」

「ここ、これには事情が……、あああっ！」

助けを求める様にゼスタの方を見ると、そこには誰もいなかった。

「――私、もう帰ってもいいですか」

「そうおっしゃらずに！　置いて逃げたのは謝りますので！　というか、めぐみんさんが街の外から来た人だって事を忘れてましたよ。まさか、警察官相手に勧誘するとは思いませんもの」

警官にこってりと絞《しぼ》られた後、ようやく解放された私はゼスタに引き留められていた。

「というか、紙か何かに勧誘方法の詳細《しょうさい》を書いておくので、後は勝手にやってください。

このまま続けていると、更《さら》にロクでもない目に遭《あ》いそうです」

「そ、そうおっしゃらずに！　ほらほらめぐみんさん、あそこの屋台なんかはいかがでしょうか、美味《おい》しそうな串焼《くしや》きを売っていますよ！」

「この私が食べ物で釣《つ》られるとでも……。まあ、食べますが」

ゼスタに奢《おご》ってもらった串焼きを食べていると、足下《あしもと》にいたちょむすけが、それを欲しがりまとわりつく。

改めてそれに気付いた様に、ゼスタは身を屈《かが》めてちょむすけに手を伸《の》ばした。

「ほう、これはこれは。一見普通《ふつう》の猫《ねこ》に見えますが、この子からは何やらただならぬ気配を感じますな」

ちょむすけはゼスタを怖《こわ》がりもせず、伸ばされた指先の匂《にお》いをふんふんと嗅《か》いでいる。

ただの変なおじさんだと思っていたが、この人はアークプリーストでもある。

意外と実力派だったりするのだろうか。

「その子はただの猫ですよ。名前はちょむすけです」

「良い名を付けられましたな。……ふむ、特に危険もなさそうですか」

ゼスタはひとしきりちょむすけの頭をグリグリと撫《な》で回し。

「そういえば、めぐみんさんはなぜその歳《とし》で一人旅を？　まあ紅魔《こうま》族ですから、危険はないとは思いますが」

「……実は、人を探しておりまして。といっても手掛《てが》かりは、爆裂魔法《ばくれつまほう》を使う事と美人で巨乳《きょにゅう》なお姉さんってだけなのですがね」

串焼きを食べ終えた私は、何とはなしに言ってみる。

こんな手掛かりとも言えないもので、簡単にあの人が見つかるとも思ってはいない。

……が、ゼスタからは意外な答えが返ってきた。

「爆裂魔法を使える、美人で巨乳の魔法使《まほうつか》い。……何だか聞いた事がありますね」

「えっ!?」

予想外の反応に、私はゼスタに顔を近づけて問い詰《つ》めた。

「どういう事でしょうか、詳《くわ》しく！　詳しく教えてください！」

「おっと、顔が近いですよめぐみんさん、舐《な》められたいんですか？　じょ、冗談《じょうだん》ですよ、冗談ですから杖《つえ》をこちらに向けないでいただきたい」

杖を向けて警戒《けいかい》する私に、ゼスタは何かを思い出す様に顎《あご》をさすりながら。

「ああ、思い出した。確かアクセルの街ですね。駆《か》け出し冒険《ぼうけん》者の街アクセルで、爆裂魔法まで扱《あつか》える、スタイルの良い名うての美人魔法使いが魔道具屋を営んでいるとか何とか。ええ、巨乳で美人というキーワードが印象的だったのでしっかりと覚えていましたよ。わたくし、巨乳も大好物なもので」

あまり聞きたくもない情報までもらいながらも、私は内心喜んでいた。

ついてる！

そう、アクセルなら、私が向かおうとしている場所でもあるのだから！

それがあの人だと確定した訳じゃないが、爆裂魔法を使う魔法使いなどそうそういるとも思えない。

……これは多少期待しても良いかもしれない。

「食事だけではなく、有益な情報までもらってしまいましたね。お礼として、もうちょっとだけ勧誘《かんゆう》のお手伝いをしましょうか」

「おおっ！　やってくれますかめぐみんさん！」

やる気になった私の言葉に、ゼスタが満面の笑《え》みを浮《う》かべた。

5

――アルカンレティアの街に、怒号《どごう》と罵声《ばせい》が轟《とどろ》いた。

「あそこだっ！　あのアクシズ教徒達が、トイレの紙を全部強奪《ごうだつ》していった！」

背後からの非難の声を聞きながら、私はゼスタと共に必死で逃《に》げていた。

「ちょっとゼスタさん！　どうしてトイレの紙なんて持っていくんですか！　あなたの考えが分かりませんよ！」

「紙の代わりに入信書を置いてきました！　そう、紙が無いと絶望に打ちひしがれる迷える子羊の前に、燦然《さんぜん》と輝《かがや》くアクシズ教団の入信書！　神の救いを目の当《ま》たりにしたその人は、果たしてどうなると思いますか？」

「それでお尻《しり》を拭《ふ》くと思います」

「……その場で紙にサインし入信して、アクア様に奇跡《きせき》を祈《いの》るとかは……」

「絶対にないと思います。というか、そんな物残していったなら状況証拠《じょうきょうしょうこ》としてアクシズ教団の仕業《しわざ》だと思われ、余計に悪評が……ああっ、囲まれました！」

トイレットペーパーを抱《かか》えるゼスタと共に、私はいつの間にか囲まれていた。

「そこの二人！　抵抗《ていこう》はやめて大人しくしなさい！」

警察官とおぼしき人達に囲まれたまま、私達はジリジリとその包囲を狭《せば》められていた。

私はこの街に来て、これで何度警察のお世話になったのだろう。

と、複雑な葛藤《かっとう》をしていた私の袖《そで》を、ゼスタがクイクイと引っ張った。

「めぐみんさん、今です。今こそあなたの力を振《ふ》るう時です。さあ、紅魔族の本気を見せてあげなさい」

このおっさんは、魔法《まほう》で蹴散《けち》らせと言っているのだろうか。

「できる訳ないじゃないですか、私の魔法は手加減がききません。この辺り一帯が廃墟《はいきょ》になります、私の魔法は街中では使えないのです！」

「大丈夫！　ここに良い物がありますので！」

自信満々に言い放つゼスタの手には、強奪してきたトイレットペーパー。

「これを顔に巻いて隠してからやれば……！」

「バカですか、バカなんですか！　できる訳ないじゃないですか！」

——警察署で説教を食《く》らった帰り道。

「思うのですが、こんな事ばかりやっているから信者が増えないのではないでしょうか」

「思うのですが、普通のやり方でやって来た品行方正な信者など、面白《おもしろ》みがないでしょう？」

ダメだこの人。

「まったく、酷《ひど》い目に遭いましたよ。ほら、もう帰りますよ」

「め、めぐみんさん、最後にもう一仕事！　ほら、先程《さきほど》教えてもらったあれをやってください！　あの、走っていた女の子が転んで立てず、通りすがりの人に助けてもらうってヤツです！」

「えー……」

嫌《いや》そうに渋《しぶ》る私に、ゼスタが手を合わせて拝んできた。

「お願いします！　……あっ、丁度良いところに、幸薄《うす》そうですが、人の良さそうな子が来ましたよ！　あの子なら、きっとめぐみんさんを見捨てる事はないと思います！　お願いします！」

まったく。

ゼスタに、これが最後ですよと告げると、私は路地裏に隠れて準備する。

「めぐみんさん、今です！」

ゼスタの合図に路地から飛び出し、できるだけ自然な感じですっ転んだ。

「……ああっ！　ぐううう……、こんな何もない所で転ぶとは、私とした事が……！」

倒《たお》れたままの体勢で、そのまま起き上がる事なく身を横たえる。

さあ、早くこのいたいけな少女を助けるのです！

「……ううっ、膝《ひざ》を擦《す》り剝《む》いてしまいました、痛くて動けません……！」

さあ早く。

「……………このままでは傷口からバイ菌《きん》が入り、破傷風に……」

「何やってんの？」

聞き覚えのあるその声に、私は倒れたままビクリと震《ふる》えた。

「………………」

「ねえめぐみん、何やってんの？」

私をめぐみんと呼んだ事で、私の予想した声の主に間違《まちが》いがない事を確信する。

倒れたまま変な汗《あせ》が出てくるのを抑《おさ》えきれず、いっそこのまま死んだふりをしてやり過ごそうかと悩《なや》む私に。

「こんなところで何やってんのよおおおおおお！」

「あああ、ゆんゆんやめてください、膝を擦り剝いて痛いのは本当なのでやめてくださいっ！」

なぜかそこにいたゆんゆんに、私は倒れたまま揺《ゆ》さぶられていた。

まったく…
これで最後ですよ
めぐみんさん今です！
すっ
ああっぐうっ!!
びたーーんっ
私としたことが
こんな何もない所で転ぶとはっ!!

ゴロ
ゴロ
ヒザをすりむいてしまいました…
痛くて動けません…
さあ 通行人よ！このいたいけな少女を助けるのです！
早く!!!
早…
何やってんの？
ビクッ
!!
ねえ めぐみん
何やってんの？

6

あまり人気《ひとけ》のないアルカンレティアの公園にて。

「まったく。一応私のライバルなんだから、あまり恥《は》ずかしい真似《まね》は止《や》めてよね。ていうか、なぜこんなバカな事してたの？　いきなり転んで通りすがりの誰《だれ》かに助けてもらって、それからどうするつもりだったの？」

私はゆんゆんに正座させられ怒《おこ》られていた。

隣《となり》では、なぜかゼスタまでもが正座して、期待に満ちた顔でソワソワしている。

……きっと年下の美少女に叱《しか》って欲しいのだろう。

「というか、私がなぜあんな事をしたのかは、隣の人に聞いてください」

「ぜひとも私に聞いてください」

「えっ」

私とゼスタの言葉に、ゆんゆんがちょっと嫌そうな顔をした。

「……気になっていたんですが、あなたは誰？　めぐみんとどんな関係なんですか？」

「共にこの街を駆け巡《めぐ》った仲間……、いえ、同志とでも言いましょうか。友人などという甘っちょろいものでない事だけは確かですな」

「ええええっ⁉」

「おい、この子は本気にしやすいからバカな事を口走るのは止めてもらおうか」

仲間……、同志……などと、深刻な表情でブツブツ言い出したゆんゆん。

そんなゆんゆんに、私は気になっていた事を逆に尋《たず》ねた。

「ところで。ゆんゆんは、どうしてこんな場所にいたのですか？」

「えっ⁉　そ、それはその……」

先程までの説教モードはどこへやら、途端《とたん》にオロオロしだすゆんゆん。

…………。

「もしかして、私が心配でついてきたとかそんなところでしょうか」

「ちち、違《ちが》うからっ！　修行《しゅぎょう》！　そう、修行のために旅に出たのよ！　めぐみんだって冒険者としてやっていくみたいだし、私だって外に出て修行しないと追いつけないし！　それに、紅魔《こうま》の里近くのモンスターは強くって、私一人じゃ倒せないのが多いから……！」

慌《あわ》てて言い訳を始めたゆんゆんだったが、最後の言葉だけは実感が篭《こ》もっていた。

確かに、ゆんゆんは中級魔法しか使えない。

そんなゆんゆん一人では、紅魔の里周辺のモンスターは手に余る事だろう。

「まあ、紅魔の里近辺は、高レベル冒険者ですら危険を伴《ともな》う地域ですからね。私は、仕事を軒並《のきな》みクビにされていたところをアクシズ教団の人に拾われ、連れてこられ、成り行きで勧誘の手伝いをさせられていた感じです」

「ええ、めぐみんさんには良い勧誘方法をたくさん指導して頂きましたよ」

「そ、そんな事してたんだ。でも、アクシズ教団って……」

ゆんゆんが、ゼスタを見てちょっと怖《こわ》がるように後ずさった。

アクシズ教団の悪評を思い出したのだろう。

そしてゼスタはといえば、

「いたいけな少女が怯《おび》える姿を見るのは良いものですなあ……」

そんなどうにもならない事を言いながら、ほうっと幸せそうなため息を吐《つ》いていた。

この人の教団、爆発《ばくはつ》しないだろうか。

「ね、ねえめぐみん。これ以上この街にいるのはどうかと思うんだけど……。ていうか、アクセルの街を目指してるんじゃなかったの？」

「目指してますよ。でも馬車代も稼《かせ》げていないので、しばらくはこの街に留《とど》まり、バイトでもしなくてはいけませんね」

そんな私達のやり取りに、隣で正座していたゼスタが、ソワソワしながら私の肩《かた》を揺さぶってきた。

「めぐみんさんめぐみんさん。この、幸薄そうな少女は誰なのですか？　ぜひともご紹《しょう》介《かい》願いたいのですが」

「幸薄そう！　と、友達は確かに少ないですけど、初対面のおじさんにそんな事言われたくないですよ！」

「この、毎回貧乏《びんぼう》くじ引いてそうな子は私の同郷の魔法使《まほうつか》い、ゆんゆんです。私に触発《しょくはつ》され、修行の旅をしている最中な様ですね」

私の説明を聞き、ゼスタがほうほうと頷《うなず》くと。

「こうして女の子に正座させられるというのは大変なご褒美《ほうび》なのですが。私の経験上、そろそろこの光景を見た通りすがりの人が通報している頃《ころ》です。警察の方がやって来る前に、教会に戻《もど》ってそこで積もる話をされてはいかがでしょうか？」

そう言って、柔《やわ》らかく笑った。

7

——教会の扉《とびら》を開けたゼスタが、ポツリと言った。

「……これはまた、一体どんなプレイでしょうか」

「プ、プレイではない！　アクシズ教団最高責任者、ゼスタ殿《どの》。あなたに出頭命令が出ております。我々と共に、署までご同行願います」

アクシズ教会に戻った私達を出迎《でむか》えたのは、女騎士《きし》率いる数多《あまた》の警官だった。

二人の警官がゼスタの両脇《りょうわき》から腕《うで》を取り、そのまま連れていこうとする。

ゼスタが、キョトンとした表情でなすがままにされていく中。

「何ですかあなた方は？　罪状も言わずにいきなり逮捕《たいほ》だなんて、横暴ではないですかね。この人は、今まで私と一緒《いっしょ》にいたのです。アリバイの証明なら私がしますよ？」

私は、抗議《こうぎ》と共に入り口を塞《ふさ》ぐ様に立ちはだかり……！

「ゼスタ様！　今度は何をやらかしたのですか⁉　あれほど、斬新《ざんしん》な一人遊びはほどほどにと申しましたのに！」

「エリス教の美人神官へのセクハラが限度を超《こ》えたとか」

「こないだ、『水の女神《めがみ》アクア様に仕える私以上に、プールの監視員《かんしいん》に相応《ふさわ》しい者がいるのかね⁉　幼子を！　我に幼子を見守らせたまえ！』って役所に怒鳴《どな》り込んでたから、その件じゃない？」

「『女性が男性用の下着を買っても特に疑問に思われないのに、男が女性用下着を買ったら後ろ指さされるのは男女差別だ！』って演説してたからじゃあ……」

信者達のざわめきを聞いた私は、スッと脇《わき》にどいて道を譲《ゆず》ると。

「どうぞ」

「ご協力感謝します」

女騎士に会釈《えしゃく》し、そのままアクシズ教会から立ち去ろうと……。

「めぐみんさん、ここで見捨てるなんてあんまりではありませんかね⁉　先ほどは、公衆の面前で正座させられた上で罵倒《ばとう》されるという、なかなかに斬新なプレイを共に楽しんだ仲ではありませんか⁉」

「ひ、人聞きの悪い事言わないでください！　私を仲間にしないでください、非常に迷惑《めいわく》です！」

警官の制止を振《ふ》り払《はら》い、私に縋り付いてきたゼスタが、今度は女騎士へと向き直る。

「そもそも何なんですかあなた方は。逮捕は一日一度まで。それが、私とあなた方との取り決めでしょう？　今日はもう、既《すで》に警察署で説教された後ですよ」

「いつそんな取り決めをした！　……ゼスタ殿、そろそろ真面目《まじめ》に聞いてもらいたい。今日は、今までの様に説教だけで済む問題ではないのです」

「つまり、監獄《かんごく》プレイをご所望《しょもう》という事でしょうか？」

「ああもう！　あなたと話をしていると、頭がおかしくなりそうだ！」

苛立《いらだ》ち、頭を掻《か》きむしりながらも、女騎士は。

「水の女神を崇《あが》めるアクシズ教団には、この街の温泉の水質管理を任せているが……。昨日から、街の温泉宿から様々な苦情が相次いでいるのだ。温泉の質に関しての苦情がな」

そう言って、ゼスタに冷ややかな眼差《まなざ》しを送る。

「……？　そういえば、山と積まれた報告書の中に、確かそんなのが交ざっていた記憶《きおく》がありますな。セクハ……、邪教徒《じゃきょうと》への妨害《ぼうがい》や、迷える子羊達への勧誘《かんゆう》で忙《いそが》しく、後回しにしておりましたが……。よろしい、私達の方でも源泉の調査を行いましょうか」

その、ゼスタの言葉に。

「その必要はない」

女騎士はキッパリ告げると、一枚の紙を突《つ》きつけた。

「これを見てもらおうか。現在あなたには、外患誘致罪《がいかんゆうち》の嫌疑《けんぎ》が掛《か》けられている！」

「外姦誘恥……？　何ですか、そのいかがわしそうな罪状は」

「ちゃんと、紙に書いてある字を読め！　……先日この街の上層部に、この街と深い交流のある紅魔族達から、ある情報がもたらされた。あなたも知っているだろう？　紅魔の里に住むという、凄腕占い師《すごうでうらなし》の噂《うわさ》を」

紅魔の里の凄腕占い師。

……それってもしかして、そけっとの事だろうか。

「『アルカンレティアの街に、やがて危機が訪《おとず》れる。温泉に異変が見られた時は、湯の管理者に注意を払え。その者こそは、魔王《まおう》の手の者』……これは、紅魔族の占い師の予言だ。『温泉に異変が見られた時』……そう、これはまさに今の現状と一致《いっち》する。となると、現在の湯の管理者であるあなた方が、魔族と繋《つな》がりこの街を貶《おとし》めようとしているきゃあああああああ！」

「この小娘《こむすめ》は何を言うか！　教義に『悪魔《あくま》殺すべし』『魔王しばくべし』がある我々が魔族なんぞと通じている⁉　そんなバカな事を言うのはこの口か！　ええい、チューしてくれる！」

「や、止めろ！　公務執行妨害《しっこうぼうがい》とわいせつ罪も付けるぞ！　やめ……、止めてえ！　お前達、この男を連行しろ、早く……！　ああぁっ、やめっ、いやあああああ‼」

女騎士を押し倒《たお》したゼスタが取り押さえられる中、他《ほか》のアクシズ教徒達がどういう事だと警官達に詰《つ》め寄った。

危《あや》ういところで解放された女騎士が、ゼスタから涙目《なみだめ》で距離《きょり》を取りながら。

「はあ……、はあ……！　の、述べた通りだ！　紅魔族の占いは、今まではずれた事がない。対して、お前達の日頃《ひごろ》の行いを考えるに、どちらを信じるかは比べるまでもない事だ。というわけで、まずは責任者であるこの変態から事情を聞く。供述次第《しだい》では他の者からも話を聞く事になる！」

徐々《じょじょ》に落ち着きを取り戻していく女騎士に、今度はセシリーが食って掛かった。

「ちょっと待ちなさい！　確かにゼスタ様はどうしようもない変態だし、ちょこちょこお風呂《ふろ》を覗《のぞ》きに来る度《たび》に、強く頭を打ってどうにかならないかなとは思う方だけれど！　そのゼスタ様はともかくとして、この私達がアクア様を裏切って魔族と組む？　そんな事があるわけないでしょう、この牛乳女！　その柔らかそうな贅肉《ぜいにく》もぎ取ってやるから、ちょっと見せてご覧なさいな！」

「止《や》めろおっ！　ど、どうしてお前達は、男も女もセクハラしてくるんだ！　ほらっ、早くこの変態を連れていけ！　いいか貴様ら、この男の尋問《じんもん》が済むまではくれぐれも大人しくして……、こらっ、止めろっ！　も、もういい、こんな所からはとっとと……ああっ、やめっ!?　止めてえっ！」

「これはエリス教徒の陰謀《いんぼう》だ！　騙《だま》されるな！　この私のカリスマ性を恐《おそ》れ、頭の弱い小娘を上手《うま》く利用し、陥《おとしい》れようと……！」

女騎士はセシリーに上着を毟《むし》られ半泣きになりながらも、何かを喚《わめ》いて激しい抵抗《ていこう》を見せるゼスタを連れ、逃《に》げる様に去っていった――

8

ゼスタが連行された教会内では、取り残された信者達が立ち尽《つ》くしていた。

「なんて事……。ゼスタ様がいなくなったら、この教団は一体どうなってしまうの？」

眉根《まゆね》にしわを寄せたセシリーが、深刻な表情でポツリと呟《つぶや》く。

「ゼスタさんは最高責任者という事でしたよね。あの人がいなくなったら、どんな弊害《へいがい》があるのですか？　私も協力しますから、ゼスタさんが帰ってくるまでは、この教団を守りましょう？」

動揺《どうよう》しているセシリーの背中を、ポンポンと叩《たた》いて励《はげ》ますと。

「で、でも……。……そうね。こうしていても仕方ないわ。ゼスタ様が普段《ふだん》執《と》り行っている仕事は、皆《みんな》で分配して……！　……ねえ、ゼスタ様って普段《ふだん》何の仕事をしているの？」

幾分《いくぶん》元気を取り戻したセシリーが、他の信者達に尋《たず》ねる。

「……懺悔《ざんげ》は専属の人が聞くし。教団の経理とか？」

「経理は秘書の人がやってるわよ？　教会を訪れた怪我人《けが》に、治癒魔法《ちゆまほう》を施《ほどこ》すのは……。それも専属の人がいるわね。ゼスタ様は大体外をウロウロしてるから、魔法掛《か》けてるところは見た事ないわ」

「街中で演説しても、道行く人に教義を説いている訳じゃないしなあ。男女平等の名において、この街の条例で混浴にすべきだとかそんな演説だし」

口々に言う信者達が、しばらくシンと静まり返り。

「……ねえ、ゼスタ様って何をしてるの？」

セシリーの呟きに、その場の皆が首を傾《かし》げた。

「めぐみんさん、解決しましたよ。ゼスタ様がいなくなっても、特に問題はありませんでした。お騒《さわ》がせしました」

「そ、それでいいのですか!?　一応あなた達の代表なのでしょう!?　それにあの騎士は、アクシズ教団そのものに嫌疑をかけていましたが大丈夫《だいじょうぶ》なのですか？」

ゾロゾロと解散しようとしていたアクシズ教徒達は、私の言葉を聞いて眉根を寄せた。

「それなのよね。ゼスタ様が連行されるのはいつもの事だし、それは特に問題無いのだけど。この私達が、アクア様が毛嫌《けぎら》いする魔族に協力しているって思われるだけでも不愉快《ふゆかい》ね。品行方正な私達に、なぜ突然《とつぜん》こんな嫌疑が湧《わ》いて出たのかしら？」

セシリーの言葉に、なぜかゆんゆんがビクッと身を震《ふる》わせる。

私は、ゆんゆんのその態度にピンときた。

「……ゆんゆん？」

「な、なにかな⁉」

上擦《うわず》った声を上げ、目を逸《そ》らすゆんゆんに。

「…………いくらゼスタさんが生理的に受け付けられないからといって、罪も無い人を通報してはいけませんよ？」

「ち、違《ちが》うわよ！　通報なんてしてないし、あのおじさんの事も、苦手だけどそこまでの毛嫌いは……！」

慌《あわ》てるゆんゆんに、首を傾げ。

「では、一体何をビクついているのですか？　私の妹が、おねしょした布団《ふとん》を証拠《しょうこ》隠滅《いんめつ》のために燃やそうと、焦《あせ》って着火魔法《まほう》を習得しようとしてた時の顔にソックリですよ？」

「こめっこちゃんてばそんな事しようとしてたの⁉　ち、違うの！　あの……。あのね……？」

ゆんゆんは、両手を組んで指をモジモジさせると。

「……実は、紅魔の里を出る際に、里の占い師、そけっとさんからお使いを頼《たの》まれててね？　その……。この街が危機に陥《おちい》る未来が見えたから、アルカンレティアに寄るなら、予言を書いた手紙を届けてくれ、って言われてて……それで……」

そう言って、申し訳なさそうな顔で俯《うつむ》いた——

幕間劇場【参幕】

——アクア様、負けません！——

大変な事が起こった。

それは、今日も今日とてエリス教会におもむいた私が、暇潰《ひまつぶ》しがてらに女神《めがみ》エリスの肖像《しょうぞう》画《が》に落書きし、悪《あ》しきエリス教徒達から逃げ回っていた時の事。

突然現れたロリっ子魔法少女が、エリス教徒に捕《つか》まっていた私を助けてくれた。

なんだろう。なんだろうこれ。

女神エリスの肖像画に、頑張《がんば》って落書きをしたご褒美《ほうび》だろうか。

「**我が名はめぐみん！　紅魔族随一《ずいいち》の魔法の使い手にして、爆裂魔法《ばくれつまほう》を操《あや》りし者！**　フッ、この私が来たからには、見過ごす訳にはいきませんよ！」

そう言ってポーズを決める、私好みの魔法少女。

なんだこれ可愛《かわい》い、天使みたい。どストライクだわ。

この子なんなの？　天使なの？

「おいあんた、紅魔族か!?　ちょ、ちょっと待ってくれ、何か勘違《かんちが》いしているぞ！　こっ

なごまかしなど通じませんよ！」

「残念でしたね！　そこらのボンクラ相手ならともかく、この私の紅《あか》い瞳《ひとみ》の前には、そん
エリス教徒の二人が、慌てて言い募《つの》るが……。

「は、早まるな、まずは話をしよう！」

ちが被害者《ひがいしゃ》なんだよ！」


天使みたいだと思ったら天使だった。

どうしよう、無条件で私を信じてくれるだなんて何それ嬉《うれ》しい、さらいたい。

ヤバい、ヤバいこれ、絶対ヤバい、このままだと公衆の面前で抱《だ》きしめてしまいそう。

先週警察署の人にお世話になったばかりなのに、ここでギュッてしたら本当にヤバい。

ちょっと頭を冷やしてこよう。

「いや、あんたのその紅い瞳は節穴だよ！」

男の一人がツッコんだ、その瞬間《しゅんかん》！

「そう、俺達はこの街のエリス教徒で……ああっ!?　し、しまった！」

私は摑《つか》まれていた手を振《ふ》り払《はら》い、そのまま路地裏へと駆《か》け込んだ。

幸いな事に、二人のエリス教徒は私を追いかけては来なかった。

路地裏からコッソリ窺《うかが》うと、私を助けてくれた女の子がオロオロしている。

可愛い。

「おいあんた、どうしてくれるんだよ！　あの女はアクシズ教徒だぞ！　ウチの教会の、エリス様の肖像画に落書きしていきやがった！」

男に怒鳴《どな》られ、女の子がビクッとする。

あの男の家のドアポストに、大量のところてんスライムを流し込んでやろう。

私がそんな事を考えていると、もう片方までもが言い募る。

「こないだは、ウチの教団が毎日行っている、恵《めぐ》まれない人向けに配っていたパンを全部強奪《ごうだつ》していったんだ！」

私だって恵まれていないのだから、パンをもらう権利はあるだろう。

特に、愛情に恵まれていない。

魔剣《まけん》使いの美少年に逃げられた以上、あのロリっ子の愛が欲しい。

「そそ、それはその、申し訳ありません……。な、何分この街に来たばかりでして……」

そう言って慌てる女の子に詰め寄ろうとするエリス教徒。

それを見て、私は咄嗟《とっさ》に辺りを見回した。

長年この街で修羅場《しゅらば》をくぐり抜《ぬ》けてきたのだ、あの人の事ならよく知っている。

この時間なら、きっと巡回《じゅんかい》中のあの人が……、ほら、いた！

私はその人の腕《うで》に取りすがると、涙ながらに訴《うった》えた。

「お願い助けて、エリス教徒が!! 私を追い回していたエリス教徒が、突如《とつじょ》通りすがりのいたいけな少女に牙《きば》を剝《む》いて……っ！」

「エリス教徒が!? い、いやでも、彼らがそんな事をするはずが……」

そんな疑いの声を聞きながら。

私は、エリス教徒達を指さし声を上げた。

「お巡《まわ》りさん、あそこです！」

——アクア様。私、負けません！

第四章
氷の都の救世主達《きょうしんしゃたち》

1

翌朝。

教団に泊《と》めてもらった私とゆんゆんは、アクシズ教徒達がたむろする聖堂内へと向かっていた。

「いいですか？　ゆんゆんは、里の人から頼まれていたお使いを済ませただけで、何も気に病《や》む事はないのです。だから、堂々としていてくださいね」

「わ、分かったわ！　そうよね、私は手紙を届けただけだもの、あのおじさんが事情聴《ちょう》取《しゅ》されても、その……。う、うん……。私には関係ないわ！」

何やら逡巡《しゅんじゅん》したあと、ゆんゆんはバッと顔を上げる。

ゼスタが連行されてから、この子は、ずっと自分のせいだと悩《なや》んでいたのだが……。

「その意気です。大体、日頃《ひごろ》の行いが良ければもうちょっと聞く耳も持ってもらえるはず。あっさり連れていかれたのは、あの人の自業自得《じごう》でもあります。それに、無実ならきっとすぐに帰ってきます、気にする必要はありませんよ」

「そ、そうね！　分かった、教団の人に責められても、たとえ何を言われても！　強気でいくからっ！」

ゆんゆんはそう言うと、意を決した様に聖堂の扉《とびら》を開けて……！

「あら、おはようございますめぐみんさん、ゆんゆんさん。よく眠《ねむ》れましたか？」

そこにいたのは、髪《かみ》に寝癖《ねぐせ》の付いたまま、朝食を摂《と》るセシリーのみだった。

「おはようございます。……留守番はお姉さんだけですか？　他《ほか》のアクシズ教徒の皆《みな》さんは、どこに行ったのですか？」

「皆《みんな》なら、とっくに出かけたわよ？　このままだと、ゼスタ様が最高責任者の座から下りる事になるわ。となると、新しい責任者を決める必要があるの。最高責任者を決めるのはアクシズ教徒による投票よ。というわけで、皆は選挙活動に励《はげ》んでる頃《ころ》ね」

……選挙活動。

「あ、あの……。選挙活動の前に、ゼスタって人の無実の罪を晴らすため、街で聞き込みをしたりだとか、そういった事はしないんですか？」

「？　どうして私達が、そんな面倒《めんどう》で、面白《おもしろ》くもなさそうな事を？　心配しなくても、無実ならきっとその内帰ってくるわ。帰ってこなくても大丈夫《だいじょうぶ》。皆で話し合った結果、ゼスタ様がいない方が何かと助かるし、このままそっとしておこうと……」

「本気ですか!?　セシリーさん、手紙を届けた私が言うのも何ですが、それでいいんですか？　助けなくてもいいんですか？」

目玉焼きを頬張《ほおば》るセシリーをユサユサと揺《ゆ》すり、ゆんゆんが焦《あせ》ったように訴えかける。

強気でいくと言っていたはずだが、どうにも罪悪感の方が大きい様だ。

「ほうはひってもね。……まだ警察の人達が調査をしている段階だし。ゼスタ様がお湯の管理をしているのは確かだし、実際に管理してる温泉から苦情が相次いでるのも本当だしね。ちゃんとゼスタ様を調べてもらって、白なら白、黒なら黒と、ハッキリしてもらった方がいいわ」

セシリーが口をもごもごさせながら言ってくる。

「それに」

と、口の中の物をゴクリと飲み込み。

「紅魔《こうま》族の凄腕占《すごうでうらな》い師《し》の予言は、ほぼ必中って聞いてるわよ？　何でも、未来を見通すとかいう胡散臭《うさんくさ》い悪魔《あくま》の力を一時的に借りて、凄い精度で占うそうね。普段《ふだん》は昼頃《ごろ》まで寝《ね》てる皆が、珍《めずら》しく朝早くから活動してるのも頷《うなず》けるわ」

ひ、酷《ひど》すぎる。

「確かにそけっとの占いはほぼ必中ですが……。それにしたって、誰《だれ》か一人くらいはゼスタさんの無実を信じてあげてもいいのでは……。あ、でもお姉さんは流石《さすが》ですね？　一人だけ票稼《かせ》ぎに行かず、残ってるだなんて」

「私？　私は、ゼスタ様逮捕《たいほ》記念って事で夜遅《よるおそ》くまで飲んでたらこんな時間に目が覚めてね。もちろん、これ食べ終わったら私も街に……」

「あんまりですよ！　ねえめぐみん、どうしよう！　私、手紙を届けただけでこんな事になるって思わなくって……！」

ゆんゆんが泣きそうな顔でオロオロしているが、肝心《かんじん》の教団の人達が助ける気が無いのだからどうにもならない。

まったく。さっきまでは、自分には関係ないと言っていたのに。

「大丈夫よゆんゆんさん。ゼスタ様なら、今頃《いまごろ》女騎士《きし》の尋問《じんもん》を受けて喜んでいらっしゃるわ。邪魔《じゃま》するのは野暮《やぼ》というもの。それより、バイト代はずむからお姉ちゃんに協力してくれないかしら。私の場合、色々やらかして街の人に顔を覚えられてるから、普通《ふつう》に声を掛《か》けるだけで警戒《けいかい》されちゃうのよ。その点あなたなら……！」

「私なら何だって言うんですか！　ほら、めぐみんも何か……！」

「バイト代はお幾《いく》らくらいなのでしょう？」

「そうね……。私に票を入れてくれる人が一人増えるごとに一万エリス……」

「…………」

「待ってください、分かりました！　ゆんゆん、分かりましたから魔法《まほう》を唱えるのは止《や》めてください！」

「お、お姉ちゃんのハム一切れ分けてあげるから！　落ち着いてえ！」

2

荒《あら》ぶるゆんゆんを落ち着かせ、街を巡《まわ》ること一時間。

ずっと先頭を歩いていたゆんゆんが、何か言いたそうな顔で振《ふ》り向いた。

「め、めぐみん……その……」

「……勢いでアクシズ教団の教会を出てみたものの、特に行く当てがあった訳ではなく、どうしていいか分からなくなった感じですか？」

「…………はい」

顔を赤らめたゆんゆんが、恥《は》ずかしそうに小さく頷く。

「めぐみんさん、ゆんゆんさんを怒《おこ》らないであげて！　だって見て頂戴《ちょうだい》、この赤くなった恥じらいの顔を！　ああもう、可愛《かわい》いわ！　なんて可愛いの!?　大丈夫、お姉ちゃんは味方だからね、気軽にセシリーお姉ちゃんって呼んでいいのよ!!」

なぜか私達についてきたセシリーが、感極《きわ》まった様にゆんゆんを抱《だ》きしめた。

私は、そんなセシリーに。

「あの、お姉さん。ちょっといいですか？」

「セシリーお姉ちゃんって呼んで！」

「お姉さん。ちょっと聞きたいのですが……。女騎士さんが言ってましたよね。源泉の管理をしているのはこの教団で、昨日から、街の温泉宿から苦情がある、と」

「そうね。私は過去を振り返らないと決めているからちっとも覚えていないけれど、何かそんな苦情があったみたいね」

このお姉さんは大丈夫なのだろうか。

「そ、それで、ですね。まずは、苦情のあった温泉宿を回ってみようかと思うのですが。温泉に異変があったといっても、ひょっとしたら里の者の占いが指す異変とは、別件かもしれませんしね。まずは、どの様な問題が起こっているのかを調べようかと。ひょっとしたら、事件ではなく、ただの事故かもしれませんしね」

「……なるほど。まあ私は、ゼスタ様真犯人説に一万エリスを賭《か》けるけどね！」

「セ、セシリーさん、あんまりですよ！」

未《いま》だに抱きしめられたままのゆんゆんが、赤い顔をしながらも声を上げた。

しかし、まずはどこの温泉宿から回ったものか……。

……おや？

「アレは何でしょうか。何やら揉《も》めている様ですが」

「んんー？　あら。あそこにいるのはウチの教団員ね」

私達の視線の先にいたのは、確かに教会で見た覚えのある男の人だった。

「――まさか、そんな事が……。いや、ゼスタさんは確かに以前から問題ばかり起こしてはいた。起こしてはいたが、魔王《まおう》軍と内通していただなんて……」

「いえ、お気持ちは分かります。我々アクシズ教徒の日頃の誠実さを見れば、簡単には信じられないというその気持ちも！」

「いや、そこまで信じられないわけじゃないよ。ああ、まあこの人達ならなって納得《なっとく》したというか……」

何となく話を聞くに、どうも、ゼスタが捕《つか》まった話をしている様だ。

しかし、会話の内容が何やらおかしい。

「僕は同じアクシズ教徒として恥ずかしい！　ゼスタ様……いえ、ゼスタが失墜《しっつい》させた教団の信用を、是《ぜ》が非でも回復したいのです！」

「ゼスタさんがいてもいなくても、多分何も変わらないと思うよ。それより、そろそろ放してくれないかな。畑に水やりに行かないと……」

どうもアクシズ教徒のお兄さんが、道行く農家のおじさんを捕まえて説法でもしていたらしい。

「畑の水やりが何なのですか！　その水はどこから来たのですか？　そう、水の女神《めがみ》アクア様の加護により、雨が降り注ぐのです。この街は何の街ですか？　……そう！　水と温泉の都アルカンレティア！　アクア様の守護する街です！　つまり、この街の住人ならばアクシズ教に入信するのは義務とすらいえます！　さあ、あなたもぜひ、アクシズ教団に……！」

「ああ、農家の俺はアクシズ教徒だよ。いつもアクア様には感謝してるさ」

「なんと、そうでしたか。それならば話は早い。実はですね、ゼスタ様が捕まった事により、次の最高責任者を決める必要が出てきたんですよ。そして、最高責任者を決めるのは投票式。投票権は、全《すべ》てのアクシズ教徒に存在します。そこで、ですね……」

非常に話の雲行きが怪《あや》しくなってきた。

「ここに、エリス教の美人プリーストが裏庭に干していた下着があります。……言いたい事は分かりますね？」

「……あんたも悪だなあ。さすがアクシズ教徒とでも言うべきか」

呆《あき》れた様子のおじさんに、お兄さんは下着をみょんみょんと引っ張って見せながら。

「おやおや？　では、この下着は……」

「ああ、どこかに俺が投票するに相応《ふさわ》しいアクシズ教徒がいないものか……。おっと、ここで会ったのも何かの縁《えん》だ。あんたの名前を聞いておこうか？」

「僕の名前ですか。おっと、書く物はあっても紙が無い。……丁度良い、この下着に名前を書くので、名刺《めいし》代わりにこれをお持ちください！」

「名刺代わりなら仕方がないな！　なるほど、なるほど……。よし、覚えておくよ！　待ってたんだ、あんたみたいな人がアクシズ教団に現れるのを……！」

おじさんとお兄さんは、良い顔で笑い合い。

「「女神アクアの祝福を！」」

声をハモらせた二人を、私とセシリーは背後から思い切り突《つ》き飛ばした。

話を立ち聞きするためにコッソリと近づいていたのだが、不意討《う》ちを食《く》らった二人は為《な》す術《すべ》もなく地面に転がる。

「な、何をする！」

「おのれ、エリス教徒の襲撃《しゅうげき》か!?　って、セシリー!?　何をするんだ、折角《せっかく》の得票チャンスに！」

地面を転がった二人の男が、飛び起きると同時に抗議《こうぎ》してくる。

「何をするんだじゃありませんよ！　ゼスタさんが捕まっているというのに、あなたは一体何をしているのですか！」

「めぐみんの言う通りですよ！　あのゼスタって人は、同じ教団の仲間じゃないんですか⁉　それが、こんなところでパンツ握《にぎ》りしめて何をやってるんですか！　な、情けなさすぎますよ！　ほら、セシリーさんも何か言って……」

「その下着って私のじゃない！　何がエリス教の美人プリーストの下着よ！　言い直しなさいよ、アクシズ教の美人プリーストの下着でしょう！　そして返しなさいよ！　もしくは、そのパンツが欲しいのなら私に票を入れなさいよ‼」

この人は教会に置いてきた方が良かったかもしれない。

セシリーが男達の胸元《むなもと》を締め上げる中。私は、どうにも嫌《いや》な予感がしてならなかった。

3

「トリスタンを！　アクシズ教団、経理担当のトリスタンを！　長く教団を取り仕切ってきたこのトリスタンに、清き一票をお願いします！」

嫌な予感は当たっていた。

私達の目の前で、通行人に対して大声で呼び掛けているのは、ゼスタの隣《となり》にいた、秘書みたいな立ち位置のお姉さんだった。

「私がアクシズ教団の最高責任者になったあかつきには、皆様《みなさま》に以下の事をお約束致《いた》します！　一つ！　一夫多妻制の合法化！　二つ！　結婚《けっこん》可能下限年齢《ねんれい》の更《さら》なる低下！」

ゼスタに一番忠誠を誓《ちか》っている風だったその人が、

「三つ‼　愛さえあれば、実の兄妹《きょうだい》だって……」

「言わせませんよ！　それ以上バカな事は言わせません！」

「公衆の面前で、あなた達は一体何を言ってるんですか！」

飛び出した私とゆんゆんに、あっけなく取り押さえられた。

「何をするんですか、私の選挙活動を妨害《ぼうがい》するだなんて……、ハッ、まさか、エリス教徒の……」

「その流れはもういいですよ！　というか、お願いですからこれ以上問題を増やさないでください！」

この、ゼスタの秘書をやっていたお姉さんで、実に十人目。

それは、私達が選挙活動という名の迷惑行為《めいわくこうい》を止めた数だ。

「そのおかしな活動をするのは、せめてゼスタさんの有罪が確定してからにしてください。あなた以外の人達も、既《すで》に教会に帰ってもらっています。今日のところは大人しくしていてください」

「……私は、ゼスタ様は黒だと思うわ。何なら、ゼスタ様が黒だという方に一万エリスを賭けても」

「それもういいです！　ほら、とっとと教会に引っ込んでてください！　……ああもう、これでは聞き込みどころではないじゃないですか！」

街中では、アクシズ教徒達があらゆる手段で票集めに奔走《ほんそう》し、アルカンレティアの治安は、それはもう酷《ひど》いものになっていた。

賄賂《わいろ》を撒《ま》く者、脅《おど》す者。

色仕掛《いろじか》けや詐欺紛《さぎまが》いの成り済まし行為《こうい》に到《いた》るまで。

中には、一体どうやって入信させる気かしらないが、犬猫《いぬねこ》を集めている人までいた。

――私とゆんゆんは、公園のベンチにグッタリと腰掛《こしか》け。

「アクシズ教徒というのは、どうしてこんなにも元気なのでしょうか……」

「私、もう、紅魔《こうま》の里に帰りたくなってきた……」

二人して項垂《うなだ》れながら、力無く呟《つぶや》くと……。

「お待たせ！　キンキンに冷えたところてんスライムよ！　このつるんとした口当たりがクセになるから飲んでみて！　お姉ちゃんの奢《おご》りだからね！　アクシズ教に入信したあかつきには、もう言わなくても分かるわよね！」

一人、ピンピンしているセシリーが、飲み物を持ってやって来た。

ところてんスライムって何だろう。

ちょっと飲むのをためらってしまう代物《しろもの》なのだけれど。

私とゆんゆんはそれをおずおずと受け取るも、考える事は同じなのか、どちらも先には口を付けない。

「……さて。予想外の余計な妨害のせいで本筋から逸《そ》れましたが。そろそろ、宿に聞き込みをしに参りましょうか。一体どの様な事が起こっているか、見てみましょう」

4

訪《おとず》れた温泉宿では、意外な答えが返ってきた。

「……ところてんスライム」

「そう、ところてんスライムよ。あの、冷やすと固まる、ツルンとして美味《おい》しいヤツ。温泉の蛇口《じゃぐち》を捻《ひね》ると、なぜかところてんスライムが溢《あふ》れてくるのよ」

——と、いう事だった。

蛇口を捻ると美味しい飲み物が出てくる。

……何というか、これが魔王の配下によるこの街への破壊《はかい》工作？

と、今までは特にやる気も見せなかったセシリーが、突如《とつじょ》目を輝《かがや》かせて前に出た。

「それはぜひとも現場を拝見しないといけませんね。ええ、苦情を受けたアクシズ教団の者としては、綿密な調査が必要です！」

「は、はあ……。では、こちらへどうぞ……」

「ちなみに味は!?　ところてんスライムの味は、何味ですか!?」

「グ、グレープだと思いますが……」

「それは素晴《すば》らしいですね!!　ところてんスライムはグレープ味が最強ですとも！」

テンション高いセシリーが、案内されるどころか宿の主人を引きずる様にして奥へと向かう。

……この人は、目的を見失ってはいないだろうか。

「──酷いですよめぐみんさん！　ゆんゆんさんも!!　蛇口を捻ればところてんスライムが出てくるだなんて、この街の人間なら誰《だれ》もが夢見るものなんですよ!?　なのに、味見もさせてくれないだなんて！」

「お風呂《ふろ》の蛇口から出てくる謎《なぞ》の飲み物なんて、口にするものではありませんよ。毒でも入っていたらどうするのですか。……というか、ところてんスライムというのは結局何なのですか？　飲むと美味しい野良《のら》モンスターですか？」

温泉宿を後にした私達は、未《いま》だ不満を募《つの》らせるセシリーを連れ、ある場所へと向かっていた。

宿の主人に連れられた現場では、本当にところてんスライムが出てきた。

テンション上がったセシリーを無理やり引っ張って、こうして宿から出てきたのだが……。

「ところてんスライムは、食用に適したスライムの寒天質を集め、乾《かわ》かして粉にし、味付けした物の事を言うのよ。お湯に溶《と》かしてしばらくすると、何とも言えないとろみが出るの。冷やせば固まるプルプル飲料よ」

私はゆんゆんと顔を見合わせた。

これは流石《さすが》に事故という線はあり得ないだろう。

何者かが源泉にところてんスライムの粉を投入して、蛇口を捻るといつでもどこでも飲める様にと……！

……何て頭の悪い妨害工作なのだろう。

「すいません、何だかバカらしくなってきたので、もう帰っていいですか？」

「待ってよ！　気持ちは分かるけど、これが本当に、そけっとさんの占《うらな》いの、温泉の異変ってヤツなら……」

そう、大変にバカらしいが、そけっとの占いの腕《うで》に関してはほぼ間違《まちが》いがない。

となると、これをやらかした犯人は、やっぱりゼスタという事になるのだが……。

「しょうがないですね。では、この街の温泉の供給元となる場所を見にいきましょうか」

——この街の裏手には、源泉が湧《わ》き出す山がある。

そして、その源泉からパイプを使ってお湯を引き、それを街に送るのだが……。

「ここが、山から引いた源泉を、街の温泉宿に循環《じゅんかん》させる給湯所よ！　そして、この施《し》設《せつ》をアクシズ教団が握っているからこそ、この街で好き勝手やっても許されるところがあるのよ！」

「本当にロクでもないですね、この教団は。……まあ、だからこそこんな事態になって糾弾《きゅうだん》されているのでしょうが」

セシリーに案内され、街にお湯を供給する大きな施設にやって来た。

この施設内のお湯の浄化《じょうか》や設備の清掃《せいそう》などは、普段《ふだん》はアクシズ教徒の者が交代でやっていたらしい。

だが、昨日に限ってなぜかゼスタが掃除《そうじ》を始めたそうなのだ。

その事も、嫌疑《けんぎ》が掛《か》けられた要因の一つらしい。

私達が到着《とうちゃく》すると、そこには既に先客がいた。

「……む、アクシズ教徒か。遅《おそ》かったな、既に証拠《しょうこ》は回収されたぞ」

そこにいたのは数名の警察官。

彼らは皆《みんな》、その手に大きな袋《ふくろ》を抱《かか》えていた。

「その袋の中身がところてんスライムの粉だったのですか？　という事は、本当にゼスタさんがこんなバカな事を……？」

「ああ。昨夜、ゼスタ殿《どの》がこの袋を、施設内に持ち込む姿も目撃《もくげき》されているという。証拠は山の様にあるのだ、これは流石に言い逃《のが》れはできんよ」

……目撃者までいるという事は、そうなのだろう。

しかし。

「ゼスタさんは、どうしてこんなバカな事をしたのでしょうか。ハッキリ言わせてもらえば、温泉をところてんスライムに変えるだとか、凄《すご》く頭が悪い破壊工作ですよ」

「ああ、俺達にもなぜこんな事をしたのか、理由がサッパリ分からん。温泉をダメにしたいのなら、いっそ毒でも垂れ流せば良い。だが、これをやらかしたのがアクシズ教徒だと言われてしまうと、途端《とたん》に納得《なっとく》できてしまうんだ」

ぐうの音も出ない。

ここの変わった人達なら、どうしてそんなバカな事をしたんだと問いただしても、楽しそうだったからとかの答えが返ってきそうだ。

「そんな……。変な人だったけど、そこまでの悪人には見えなかったのに……」

疑いを晴らすと懸命《けんめい》になっていたゆんゆんも、流石にちょっとへコんでいる。

そんな中セシリーはといえば……。

「ここの施設がところてんスライムの投入口だっていうのなら、ここの蛇口から飲めばまだ清潔よね。ねえ、誰かコップ持ってないかしら。後、フリーズの魔法《まほう》が使える人はいない？」

……これだからアクシズ教徒は。

5

「結局、何もできませんでしたね。しかし、まさかゼスタさんが、こんな事をやらかすとは……」

施設からの帰り道。

私達三人は、若干《じゃっかん》気落ちしながらトボトボと歩いていた。

「……うん。あのおじさん、本当に魔族の関係者なのかな？　あまりそうは思えなかったんだけど……」

ゆんゆんも、短い間だったとはいえ、ゼスタと関《かか》わり合いになった間柄《あいだがら》だ。

その人が魔王《まおう》軍の関係者だったというのは、やはりショックなのだろう。

そして、中でも一番気を落としていたセシリーが、悲しげに呟いた。

「証拠品だから、飲んじゃダメだって……。目の前に、あんなにたくさんあるのに、ダメだってさ……」

この人は、一人違《ちが》う理由で項垂れていたらしい。

「もう、済んでしまった事は仕方ありません。魔王の手下で犯罪者とはいえ、まあ、根っこの方は悪い人ではなかったと思います。きっと、罪を償《つぐな》って再び舞《ま》い戻《もど》ってきますよ」

「外患誘致罪《がいかんゆうちざい》は、確か死刑《しけい》だったと思うんだけど……」

ゆんゆんがそんなシャレにならない事を呟き、それを聞いた私とセシリーは、思わず頰《ほお》に汗《あせ》が流れた。


——と、その時だった。


「だから言ったのですよ！　敬虔《けいけん》なるアクシズ教徒である！　この、私が！　そう、この私がですよ!?　この、アクシズ教団最高責任者である私が、魔族《まぞく》なんかに手を貸す訳がないではありませんか！」

「すいません、ゼスタ殿！　どうか、もうその辺で……」

私達が歩いていると、前から聞き慣れた声が響《ひび》いてくる。

そこには……。

「ゼスタ様!?」

「謝って済むならあなた方の仕事は無くなりますな！　仕事が無くなって無職になったな

ら、いつでも我が教団にお越《こ》しくだ……おや、セシリーさんではありませんか。どうしましたこんな所で？　ああ、私が釈放《しゃくほう》されるのを待っていてくださったのですか！」

グッタリした様子の女騎士《きし》に連れられた、何だかツヤツヤしたゼスタがいた。

「ゼスタさん？　どうしてこんな所に……。それに、釈放って……」

私の呟《つぶや》きに、ゼスタが出てきた建物を指さした。

「こんな所も何も、ここが警察署ですよめぐみんさん。なぜ釈放されたのかといえば、それはもちろん私の無実が証明されたからに決まっておりますとも」

「「ええっ⁉」」

「なぜそこで驚《おどろ》くのですか？　私が、こんなバカな罪を犯《おか》す訳がないじゃありませんか。ほら、あなたも私の無実を証明してください」

ゼスタに促《うなが》された女騎士は、項垂《うなだ》れながら。

「……この度《たび》は、我々の手違《てちが》いで敬虔なるアクシズ教徒のゼスタ殿を誤認逮捕《ごにんたいほ》してしまい、誠《まこと》に申し訳ありませんでした……」

取り調べの最中に、一体何があったのだろう。

「ほら、お前達も並べ！　ゼスタ殿がお帰りになるぞ！」

「は……、はっ！　申し訳ありませんでしたゼスタ様！」

「こ、この度はとんだ手違いを……！」

女騎士に呼ばれ、署内からは数名の警察官が飛び出してくる。

その中には、私達に証拠は山の様にあると宣言していた人もいた。

あれだけ自信満々に証拠があると言っていたのに、本当にどうした風《ふ》の吹き回しなのだろう？

「嘘《うそ》を見抜《みぬ》く魔道具をドヤ顔で持ってきた、メガネをかけたあの検察官！　あの人にはくれぐれもお礼を言っておいてくださいね！　おかげで嫌疑が晴れましたよ！　自信満々だった冷酷《れいこく》そうなあの顔が、徐々《じょじょ》に泣き顔になるのは大変ご馳走様《ちそうさま》でした！」

「ぐぐ……っ！　あ、あの者は、じきにアクセルの街へ異動になる予定の検察官です。私共々、ゼスタ殿には不快な思いをさせてしまい、申し訳……」

悔《くや》しそうに頭を下げる女騎士を見て、なるほどと合点《がてん》がいった。

大きな街の警察署には、大抵《たいてい》嘘を見抜く魔道具があるものだ。

先ほどからゼスタが勝ち誇《ほこ》って調子に乗りまくっているのは、どうやらそういう事らしい。

「おやおや異動ですか。それは残念ですな！　アクセルの街に行っても、清く正しい人間を捕《つか》まえ冤罪《えんざい》を被《かぶ》せるなどという失敗は、くれぐれも繰《く》り返しませんせん様にとお伝えを」

「か、かしこまりました……」

女騎士達に見送られるゼスタは、私達の隣《となり》に来ると。

「では、私はこれで。いやあ、私の貴重な時間がたっぷりと削《けず》られてしまいました。本当に、どうしてくれましょうか。本来ならば、足下《あしもと》に這《は》いつくばって頂いて、足の指の一つもぺろぺろしてもらうところですがね。寛大《かんだい》な私はこんなもんで許して差し上げますよ」

「……か、寛大な措置《そち》を、ど、どど、どうもありがとうございまし……」

更《さら》に調子に乗りまくっているゼスタは、深く頭を下げてくる女騎士の頭の上に、手にしていた扇子《せんす》の様な物をペシと載《の》せ。

「胸ばかりではなく、もっとこちらの方も成長するべきですな！」

満悦《まんえつ》そうな笑《え》みを浮《う》かべ、背を向けた。

女騎士が、ギリギリと歯を食い縛《しば》りながら殺しそうな視線でゼスタの背中を見つめているのだが……。

6

教会への帰り道。

「しかし、皆さんには随分《ずいぶん》と心配を掛けましたね。セシリーさんが、わざわざ迎《むか》えに来てくれるとは思いませんでしたよ」

四人に増えた私達は、すっかり日も暮れた街中を、先ほどとは打って変わった明るい雰《ふん》囲気《いき》で歩いていた。

「当たり前じゃないですか！　このセシリー、最初からゼスタ様の無実を信じておりましたとも！　今日は朝から、ずっとあの警察署前で待っていましたよ！」

昨晩はゼスタが逮捕された事でお酒まで飲んでいたセシリーが、大嘘《おおうそ》を吐《つ》きながら笑みを浮かべた。

こ、こいつ……！

私とゆんゆんのジト目に気づいたのか、セシリーが笑顔のまま私の手を取り、そっと何かを握《にぎ》らせ、コクリと頷《うなず》く。

む、むう……。口止め料か。

私は高潔なる紅魔族。

そう、誇り高い紅魔族だ。

こんな物に心動かされる様な安い女ではないが、一応金額だけでも確認して……。

「あ、あの、セシリーさん？　ところてんスライムの粉を握らせるのは止《や》めてくれませんか？　これの意図が分からないんですが……」

同じく何かを握らされた、困った様なゆんゆんの声を聞きながら、私は握らされた粉を投げ捨てた。

「ほら皆さん、遊んでいないで早く帰るとしましょう。教団の皆さんも心配している頃《ころ》でしょうし。いや、警察署にいながら、色々と聞きましたよ！　何でも私が逮捕されてから、教団の人達が街で暴れ、治安が悪くなっただの何だのと……。あれですか？　私を釈放しろと、抗議《こうぎ》の暴動を起こしていたのですか？　まったく、皆さんの気持ちは大変嬉《うれ》しいのですが、迷惑行為《めいわくこうい》はいけませんよ？」

先ほどから笑顔のゼスタが、満更《まんざら》でもなさそうな口調でそんな事を言ってくる。

私とゆんゆんが思わず視線を逸《そ》らす中。

「まあ、そうは言いましても、私は皆《みんな》の気持ちも分からないでもないですよ！　何せ、私の場合はゼスタ様が連れていかれた夜は、ついつい遅《おそ》くまでやけ酒を飲んでしまいましたし！」

セシリーがいけしゃあしゃあとそんな事を……。

もう、このお姉さんの好きにさせておこう。

余計な口を挟《はさ》むと、後で何かされそうな気がする。

しかし……。

「これって結局、問題は解決していませんよね。何者かが、温泉にところてんスライムを投入した事には変わりない訳で……」

私の言葉に、ゼスタがそういえばと首を傾《かし》げ。

「確かに、今回嫌《いや》がらせをした犯人は見つかりませんでしたな。何でしたか、確か紅魔族の占《うらな》いでは、魔王の手の者が関係しているとか何とか……」

ゆんゆんが、複雑そうな表情で。

「でも、魔王の配下なんて物騒《ぶっそう》な人達が、こんなしょうもない事しますか？　温泉にところてんスライムですよ？　魔王の配下っていったら、悪魔《あくま》とかでしょう？　それが、こんな子供のイタズラみたいな事……」

と、話を聞いていたセシリーが。

「これって、アクア様からのご褒美《ほうび》か何かじゃないのかしら。だって、蛇口《じゃぐち》からところてんスライムよ？　子供の頃の夢だと思うのだけど」

「……犯人はお姉さんじゃないですよね？」

「そんなもったいない事する訳がないじゃない。温泉に入れる量があるのなら、もれなく一人占《じ》めするに決まってるわよ！」

私がセシリーに呆《あき》れていると、隣を歩いていたゼスタが、いつになく真面目《まじめ》な顔で黙《だま》り込んでいた。

「…………魔王の配下。……悪魔。……うぅむ。この街で、以前から微《かす》かに感じるこの臭《にお》い。もしや、これは悪魔臭……？」

「ゼスタさん、難しい顔してどうしました？　悪魔って言葉を聞いてから、急に……」

何やら悩《なや》むゼスタを恐々《きようきよう》としながら見ていたゆんゆんが、ふと私達の後ろに目をやり、ギョッとした表情を浮かべた。

ゆんゆんの反応が気になり、私も何となく後ろを振《ふ》り向き……。

そこにいた人物を見て、足下にいたちょむすけにポツリとこぼした。

「こんな所にまで来るだなんて、お前も随分と慕《した》われてますね」

――そこにいたのは、ローブを目深《まぶか》に被《かぶ》って角を隠《かく》した女悪魔。

口元に薄《うす》い笑みを浮かべたアーネスが立っていた。

7

薄い笑みを湛《たた》えたアーネスは、私とゆんゆんを楽しそうに見つめていた。

ちょむすけを抱《だ》いて後ずさった私は、ゆんゆんの隣に下がる。

「……久しぶりだねえ。いや、こないだは随分とやってくれたね」

「何ですか!? めぐみんさん、ゆんゆんさん、このけしからん格好の娘《むすめ》さんは!」

ゼスタが場違《ばちが》いな事を喚《わめ》く中、アーネスが口元をニイッと歪《ゆが》めた。

ゆんゆんは、腰《こし》からワンドを取り出すと、警戒《けいかい》する様に前に構える。

私は、その隣でちょむすけを盾《たて》にするように、これ見よがしに抱きかかえた。

「……こんな街中に現れるだなんて、随分と余裕《よゆう》ですね。そんなにウチのちょむすけが欲しいのですか？」

「めぐみんさん、巨乳《きよにゆう》をこれ見よがしに見せつけているこの娘さんとは一体どんな関係が!?」

「ちょむすけではない、ウォルバク様と呼べ。……今回は、忌々《いまいま》しい貴様の仲間達はいない。本来ならば捻《ひね》り潰《つぶ》してやってもいいのだが、ここで、ウォルバク様が懐《なつ》いている貴様

「めぐみんさん、答えてください！　どうしてこんな、破廉恥《はれんち》な格好をしているのですかこの人は！　しかも、羽織っただけのローブでそれを隠しているのがけしからん！　けしからんですな！　しかし、けしからんと同時に研《と》ぎ澄《す》まされた美も感じます。そう、たとえるならば、水着の上にコートを着るみたいな背徳感と……」

「おいうるさいぞ！　何なんだ貴様は、あっちへ行ってろ！」

ゼスタに決めゼリフを邪魔《じゃま》されたアーネスが、忌々しげにしっしと手を振る。

「ゼスタさん、あまり挑発《ちょうはつ》してはいけません。このアーネスは私達の敵です。この毛玉を欲しがり、私達を追ってきたのですよ」

「ほう、ちょむすけさんを。キツめの外見なのに、意外とファンシーな方なのですか、アーネスさんは」

「二人ともそれぐらいで……。なんか、どんどん機嫌《きげん》が悪くなってるみたいだから……」

ゆんゆんの言葉にアーネスを見ると、目が細くなりこめかみがヒクついていた。

私達に意外と余裕があるのが気にくわない様だ。

「いいか貴様ら、痛い目に遭《あ》いたくなければ……」

「あなたに痛い目に遭わされたい場合はどうすれば良いですか？」

「ゼ、ゼスタさん！」

空気をまったく読まず、相変わらずフリーダム過ぎるゼスタに向けて、ゆんゆんが警告を発するが。

「変わったヤツめ。望み通りに……！」

アーネスが口元を歪め、手を振り上げる方が速かった。

「痛い目に遭わせてやるよっ！　『ファイアーボール』ッ！」

アーネスが振り下ろした手の先から、火球が放たれゼスタに迫《せま》る。

それを……！

「悪魔っ娘《こ》だったのか……」

残念そうなため息と共に、ゼスタは火球に手を向けた。

「『リフレクト』！」

「ッ!?」

突如《とつじょ》光の壁《かべ》を発生させ、火球の魔法《まほう》を跳《は》ね返したゼスタ。

跳ね返された火球を避《よ》けたアーネスが、驚《おどろ》きの表情でゼスタを見る。

アーネスは、手を振り上げた拍子《ひょうし》にローブがはだけ、頭の角が露出《ろしゅつ》していた。

「……へえ、ただの変なおっさんだと思っていたら、やるもんだね」

アーネスの言葉に思わず同意したくなる。

私も、ゼスタの事をただの変なおっさんだと思っていた。

ゼスタは、深々とため息を吐きながら。

「ああ……。悪魔っ娘か……。オークもオーガーも何でもいける私ですが、悪魔っ娘だけはアクシズ教の戒律《かいりつ》で、愛《め》でる事を許されていないのですよ、残念ながら」

そんな事を言いつつ、アーネスへと向き直る。

「悪魔。……なるほど、悪魔か。確かに醜悪《しゅうあく》な悪魔臭がする」

ゼスタの口元はにこやかな笑《え》みを浮かべていたが、その目はちっとも笑っていない。

だがアーネスは、そんなゼスタを前にしても未《いま》だ余裕がありそうだった。

しばらくゼスタと対峙《たいじ》していたアーネスが、不敵に笑った。

「醜悪な悪魔臭？　言ってくれるねえ。で？　たかが人間のプリーストに、一体何ができる？」

「──その方は、あなたを葬《ほうむ》り去る事ができます」

「ッ⁉」

慌《あわ》てて振り返るアーネスの背後には、いつの間に回り込んだのかセシリーが佇《たたず》んでいた。

セシリーには、先ほどまでのおちゃらけた空気が感じられない。

それはゼスタも同じだった。

二人は、表情こそは普段《ふだん》と変わりないが、その目はちっとも笑っていない。

だがアーネスは、未だ余裕の態度を崩《くず》さぬままで。

「面白《おもしろ》い事を言うね！　偉大《いだい》なる邪神《じゃしん》、ウォルバク様に仕える、この……」

「『セイクリッド・ハイネス・エクソシズム』！」

アーネスの言葉を遮《さえぎ》って、ゼスタが魔法を解き放つ。

それはアーネスに直撃《ちょくげき》する事はなく、頭の横を掠《かす》めて通りにぶつかる。

魔法が当たった場所には白い魔方陣《まほうじん》が浮《う》かび上がり、強烈《きょうれつ》な光が空に向かって突《つ》き上げられた。

それを目にしたアーネスが、ゾッとした様な表情で口をぱくぱくさせている。

私の知らない魔法だが、きっと悪魔にとって致命的《ちめいてき》な魔法なのだろう。

小さく震《ふる》えながらゼスタを見るアーネスの態度でそれらの事がよく分かった。

……本当に、ただの変なおっさんだと思ってたのに。

「申《もう》し遅《おく》れました、アーネスさん」

ゼスタの言葉にアーネスは、ビクリと震え。

「わたくし、アクシズ教団の最高責任者を務めさせて頂いております、アークプリーストのゼスタと申します」

その言葉の意味を理解して、ドッと大量の脂汗《あぶらあせ》を流しだした。

「アクシズ教団の中において、私以上のレベルのアークプリーストは、いないと自負しております」

青ざめた顔でジリジリと後ずさっていたアーネスは。

「同じく。わたくし、アクシズ教団の美人プリースト、セシリーと申します」

後ろにいたセシリーに声を掛《か》けられ、その存在を思い出してビクリと震えた。

「セシリーさん、どうやらこの騒動《そうどう》の元凶《げんきょう》は、この悪魔《あくま》っ娘の様ですな」

「その様ですねゼスタ様。この悪魔のせいで、ゼスタ様があの様な目に遭われたのでしょう」

「な、何の事だ⁉　お前達は一体何を言っている⁉　あ、あたしはこの街に来たものの、ずっとウォルバク様を捜《さが》してて……」

アーネスが上擦《うわず》った声で否定するが、ゼスタ達は既《すで》に聞く耳を持たなかった。

ゼスタがダッと走ると同時、アーネスが身を翻《ひるがえ》してセシリーの脇《わき》をすり抜《ぬ》ける。

「逃《に》げましたよセシリーさん！　追うのです！　相手が悪魔っ子ならば、何をしても許される！　アクシズ教団の名において、悪魔に生まれてきた事を後悔《こうかい》させてやりましょう！」

「了解《りようかい》ですゼスタ様っ！　悪魔は吊《つる》せ——！」

物騒《ぶつそう》な事を告げると同時、ゼスタとセシリーは、泣きながら全力で逃げるアーネスを追いかけていった。

8

「……何だったんだろう」

「私に聞かないでください。こっちが聞きたいぐらいです」

取り残された私達は、未だゼスタ達が消えていった方を見つめながら、呆然《ぼうぜん》と佇んでいた。

「……さて。ゆんゆんはこれからどうするんですか？　私は、バイトしてお金を貯《た》めるまではここにいるつもりです。その後、アクセルの街を目指します。元々アクセルで仲間を探すつもりでしたが、そこに爆裂魔法《ばくれつまほう》を使う魔法使《まほうつか》いがいるとも聞きまして」

それがあの人だと決まった訳ではないが、かといって他に手掛《てが》かりもない。

「私は……。わ、私も、アクセルの街に行って、弱いモンスターから修行《しゅぎょう》を始めようかなと思ってるんだけど……」

「なるほど。奇遇《きぐう》ですね。では、先に行っててください、お金が貯まったなら私も後を追いますので」

「えっ⁉」

私の言葉にゆんゆんは、困った様な表情を浮かべた。

「で、でも！　わ、私は急ぐ旅でもないしね。しばらくの間、この街の観光でもして、それからアクセルに向かおうかなと思ってたんだけど……」

ゆんゆんはソワソワしながら、目をきょどらせて言ってきた。

と、そんなゆんゆんの足下《あしもと》に、ちょむすけがもたもたと寄っていく。

ちょむすけは何だか物欲しそうにゆんゆんを見上げるが、当のゆんゆんは、何だか慌てた様子で目を逸《そ》らしていた。

…………。

「そういえば。この街に来て、ちょむすけが何者かに餌《えさ》をもらっているみたいなのですが、心当たりはありませんか？」

「し、知らないわっ!?　ちょむすけも猫《ねこ》だしね。自力で餌を獲《と》ってきたんじゃないかな!?」

相変わらずこちらには目を向けないまま、上擦った声で言ってくる。

そしてちょむすけは、何かをもらえると期待するかの様にゆんゆんの足下から動かない。

「……ゆんゆんを、訴《うった》えかけるような目で見てますよ」

「久しぶりに会うから遊んで欲しいんじゃないかな！　そ、それじゃ、私、宿取ってるから！　街の入り口近くの宿だから、何かあったら……」

「──おお、めぐみんさん。まだこちらにいましたか。いやあ、すばしっこい悪魔でして。泣き顔を見るのが楽しくて、致命傷《ちめいしょう》となる魔法を何度も掠らせていたら逃げられてしまいましたよ」

口早に言って、その場を立ち去ろうとするゆんゆんと入れ替《か》わる様にして、どことなく満足そうな顔のゼスタが戻《もど》ってきた。

「……何だか幸せそうですね」

「何をおっしゃいます、逃がした事が残念で仕方ありませんよ。セシリーさんは、他の教団員と共にあの悪魔を探しに行った様ですが。……そうそう、めぐみんさん、よろしいでしょうか」

ゼスタが、私の手を取り、小さな袋《ふくろ》を握《にぎ》らせてきた。

「……？　これは何でしょう」

「アクセルの街までの馬車代ですよ」

ゼスタの言葉に固まっていると。

「めぐみんさんに伝授して頂いたあの勧誘《かんゆう》方法は、きっと上手《うま》くいく事でしょう。教えて頂いたやり方そのままではなく、より精錬《せいれん》した勧誘にしてみせます。ええ、我々の勧誘が、この街の名物になるほどに。その馬車代はほんのお礼です」

自信ありげなゼスタの表情に、私はとんでもない事をしてしまったのだろうかと少し悩《なや》む。

「それでめぐみんさんは、今日はどうされますか？　アクシズ教団に泊《と》まっていきますか？　ですがこの時間なら、まだアクセル行きの乗り合い馬車は便があるでしょう。このままアクセルへ向かってしまいますか？」

このままアクセルに。

……行きたい。

一刻も早くアクセルに行って、あの人に報告したい。

そして仲間を集め、我慢《がまん》に我慢を重ねた爆裂魔法をぶっ放したい！

「このまま、すぐ行きます！」

「ええっ！」

私の即決《そっけつ》に、なぜかゆんゆんが驚きの声を……、って、ああなるほど。

「ゆんゆんはこの街でしばらく観光するんでしたね。それでは、私は一足先にアクセルへ向かっていますので」

「そ、そんな！　あの、私も気が変わったかな！　めぐみんが早くアクセルに行って、その分修行とかされちゃうと、差をつけられるしね！」

「なるほど、ゆんゆんは随分《ずいぶん》と努力家なんですね」

「ま、まあね!?」

ニヤニヤしている私から目を逸らし、強がるゆんゆん。

そんな私達を見ていたゼスタは、何やらピンと来たらしい。

「めぐみんさん、せっかくですから一泊《ぱく》していってはどうですか？　ウチの教団にも、めぐみんさんに挨拶《あいさつ》したい者がいるでしょうし」

「言われてみればそうですね、どうしましょうかね」

「ええっ!?」

――その後もゼスタと二人で散々からかい、とうとう切れたゆんゆんに逆襲《ぎゃくしゅう》される頃《ころ》には、すっかり夜も更《ふ》けていた。

9

「ふう……」

アクシズ教会の奥にある露天風呂《ろてんぶろ》に浸《つ》かりながら、私は深い息を吐《は》いた。

この教団の温泉という事で覗《のぞ》きがちょっと怖《こわ》いが、一番の危険人物であるゼスタに到《いた》っては、先程《さきほど》、切れたゆんゆんにライトニングを食《く》らっていた。

あの分では、きっと明日《あした》まで寝《ね》ている事だろう。

水の女神《めがみ》を崇《あが》めるアクシズ教団の露天風呂という事で、泳げるぐらいに大きなものを期待していたのだが、そうでもなかった。

足を伸《の》ばせるものの、人が何人か入れば窮屈《きゅうくつ》な事だろう。

「良いお湯ですねめぐみんさん。ふふ……。ロリっ子とのお風呂……。ふふふふ……」

「すいません、その笑い方は何だか凄《すご》く怖いです」

――だって、今でさえ狭《せま》い思いをしているのだから。

「まあまあ、この教団はなぜか女性が少ないから、こうして同性とお風呂に入る機会があまりないのよ」

「というか先程から、お姉さんの獣《けもの》みたいな視線のせいで、同性とお風呂に入っている気がしないのですが。昨日の夜も、色々とセクハラ紛《まが》いの事ばかりしてきましたし」

私がアクシズ教団と関《かか》わる事になった、そもそものきっかけになったセシリーと共に、一緒《いっしょ》にお風呂に入っているのだが……。

「あの、ただでさえ狭いのに、そんなにくっつかれると……」

「仕方ないじゃない、お風呂が狭いんだしね！　そう、私がめぐみんさんの滑《なめ》らかな体に指を這《は》わせたりしちゃっても不可《ふ》抗《か》力《こうりょく》だと思うのよ！」

「私は、変な事されたら反撃《はんげき》するタイプの人間ですからね！　昨夜みたいに好き放題されてばかりではありませんよ！」

やたらとくっついてくるお姉さんから距離《きょり》を取ると、口元まで湯に浸かる。

「でも、今日は久しぶりに楽しかったわー。あなたはアクシズ教徒と相性《あいしょう》が良いと思うのよね。アクセルの街で仲間を募《つの》るんだって？　もしプリーストを募集《ぼしゅう》する気なら、ぜひアクシズ教徒のプリーストにしときなさいな！　きっと上手くいくと思うから！」

「い、嫌《いや》ですよ、私はまともなエリス教徒の方が良いです。……というかいい加減、離《はな》れて欲しいのですが……」

「お風呂が小さいんだからしょうがないじゃない。この大きさでもね、お風呂を作ってもらう際にお金掛《か》かったらしいわよ？　何でも、腕利《うでき》きの魔法使いを雇《やと》って炸裂魔法《さくれつまほう》を撃《う》ってもらったそうだから。ほら、湯船の形が綺麗《きれい》な円になってるでしょう？」

「炸裂魔法ですか……」

お姉さんに言われて湯船の縁《ふち》を触《さわ》ってみると、確かに強力な魔法で削《けず》り取られたのか、スベスベな手触《てざわ》りを感じ取れた。

「そうよー。本当は、爆発《ばくはつ》系の魔法を習得している人なんて滅多《めった》にいないから、大変だったらしいわよ？　爆発魔法を使える魔法使いを雇いたかったらしいんだけどね」

お姉さんは、首まで浸かって気持ち良さそうなため息を吐いた。

教会の裏手にあるこのお風呂は、平らな岩肌《いわはだ》に魔法を食らわせ、小さなクレーター状に削り取った形をしている。

ここに爆発魔法を撃ち込んだなら、単純に湯船を大きくできる事だろう。

……では、それが爆裂魔法だったら？

「お姉さん」

「何かしら。そろそろお姉さんじゃなく、舌っ足らずな声でセシリーお姉ちゃんって呼んでもらえると嬉《うれ》しいんだけど」

「お姉さん。ええと、広い露天風呂が欲しいですか？」

「欲しいわね。このお風呂は山から源泉を引いてるから、どんなに広くてもお湯を湛《たた》えておくのには困らないし。……どうしたの？　キラキラと目を輝《かがや》かせちゃったりして」

広ければ広い方が良い、か。

杖《つえ》を使って魔法を放てば、この岩肌風呂《いわはだぶろ》自体がなくなってしまう。

でも、何も持っていない素手《すで》の今なら？

素手により威力《いりよく》半減の爆裂魔法《ばくれつまほう》なら、きっとこの街一番のお風呂を作れる事だろう。

よく分からない理由で馬車代をもらってしまった事だし、置き土産《みやげ》を残していってもいいのではないだろうか。

「……私は爆裂魔法が使えます」

「……えっ」

いや、よそう。

置き土産だとかじゃなく、単純に、ここに爆裂魔法を撃ち込んで、広いお風呂を作ってみたい。

「ここに、爆裂魔法を撃って、この水と温泉の都一の、大きなお風呂を作っても良いですか？」

「もちろんよ。……ええ、もちろんよ！　アクシズ教団の教義の中にはね、犯罪でさえなければ、何をやったって良いじゃないってものがあるの。あなたの心のままに、遠慮《えんりょ》なく魔法を撃ち込みなさいな！」

……ちょっとだけ。

アクシズ教に入っても良いかなと思ってしまった。

「ではお姉さん」

「お姉ちゃんって呼んで！」

「お、お姉さん、離れてください！　危ないですから！　……さあ、いきますよ！　アルカンレティアに来てずっと我慢していた爆裂魔法です！」

お姉さんと共に風呂から出た私は、標的となる岩肌を見つめ……！

「『エクスプロージョン』――！」

この日、私が放った爆裂魔法は。

いつも通りのアクシズ教徒達の騒動《そうどう》よりも、謎《なぞ》の女悪魔《あくま》が出た事よりも、ぼや騒《さわ》ぎがあった事よりも。

最も、この街の住人達を驚愕《きょうがく》させた――

10

乗り合い馬車の待合所。

そこでゼスタ達の見送りを受け、私はゆんゆんと共にアクセル行きの馬車に乗り込もうとしていた。

「いやはや、まさか爆裂魔法を使えるとは思いもよりませんでしたよ。めぐみんさんには感謝のしようもありません。あれだけ広い風呂なら、教会の者全員で入る事だってできるでしょう」

「混浴にはしませんよゼスタ様」

「混浴というのは、同志としての絆《きずな》を深めるのにもってこ」

「混浴にはしませんよゼスタ様」

「……。まあ何にせよ、あの露天風呂はアクシズ教団の秘湯とします。この街にまたお立ち寄りの際には、ぜひとも訪ねてきてください」

「そうですね。私に仲間ができて、皆《みんな》で旅行でもしたいという話になったなら。真っ先にここに来ますよ」

「その時をお待ちしております。その折には、本気になった我々の力を見せてあげましょう。めぐみんさんのポケットというポケットを、アクシズ教団入信書でパンパンにしてみせますとも！」

不穏《ふおん》な事を言うゼスタに苦笑《くしょう》しながら、私は馬車に乗り込んだ。

……と、突然《とつぜん》ゼスタが不思議な行動を取る。

祈《いの》るようなポーズを取るゼスタは、何かの魔法の詠唱《えいしょう》を行っているようだ。

「——あなたの旅の無事を祈り、女神アクアの祝福を！　『ブレッシング』！」

ゼスタの魔法を受けた私は、はにかみながら頭を下げた。

このおっさんのプリーストらしいところを初めて見た気がする。

と、私の隣《となり》に座るゆんゆんが、何だかソワソワしながらゼスタに言った。

「あ、あの……！　ゼスタさん、私にも、その魔法を……」

「ぺっ」

「あっ！」

ゆんゆんへの返事とばかりに、地面に唾《つば》を吐くゼスタ。

先日、逆襲のライトニングを食《く》らった事、そして、今回の騒動の発端《ほったん》となった、そけっとの手紙を持ってきたのがゆんゆんだと知り、まだそれを恨《うら》んでいるらしい。

次期最高司祭のクセになんて大人げない。

悔《くや》しそうにギリギリと歯を食い縛《しば》るゆんゆんを宥《なだ》めると、苦笑しながらゼスタ達を見た。

セシリーが名残惜《なごりお》しそうにしながら、私にそっと何かを手渡《てわた》してくる。

それはズッシリと重い袋《ふくろ》だった。

きっと、中には餞別《せんべつ》が入っているのだろう。

「大した事もしていないのに、こんな物を頂く訳には……」

「いいから。それは、きっとあなたに必要な物になるわ。……いいから取っておきなさい。

子供が遠慮なんかしないの！」

……変なお姉さんかと思っていたら、最後の最後に憎《にく》い演出をしてくれた。

申し訳ない気持ちで一杯《いっぱい》になりながらも、そっと袋の口を開けてみると、思った通り、紙の束。

……あれっ、エリス紙幣《しへい》にしては様子が……。

不思議に思い、紙の束をよく見ると。

『アクシズ教団入信書』

「アクセルの街に行ったら活用してね！」

私はお姉さんに向けて紙の束をぶん投げた。

「――お客さん方、よろしいですか？　アクセル行きの馬車、そろそろ出発しますよー！」

御者台《ぎょしゃだい》のおじさんが声を張り上げた。

――駆《か》け出し冒険《ぼうけん》者の街アクセル。

まずはそこを拠点《きょてん》として仲間を探そう。

どうせなら、私に相応《ふさわ》しい上級職ばかりのパーティーが良い。

頼《たの》もしくも勇敢《ゆうかん》なリーダー。

頑強《がんきょう》な前衛。

慈悲《じひ》深い癒《いや》し手。

そして、明晰《めいせき》な頭脳で戦況《せんきょう》を分析《ぶんせき》し、一撃《いちげき》必殺の力を持つ私がそこに加わるのだ。

そんな未来を夢見て……。

「アクセル行き乗り合い馬車。出発します！」

冒険者の街アクセルへと旅立った――

幕間劇場【肆幕】

アクア様、幸せです！

アクシズ教団の厨房《ちゅうぼう》にて。

「セシリーさん、一体どうされたのですか？　先ほどから随分《ずいぶん》とご機嫌《きげん》ですね」

食器を洗いながら女神《めがみ》の様に微笑《ほほえ》む私に、同じくニコニコと笑《え》みを浮《う》かべたゼスタ様が。

「いつもの犯罪者の様な笑みが、今日は一段と気持ち悪いですよ」

「食器用洗剤《せんざい》を目に入れますよゼスタ様。……ふふ、私がどうしてこんなにもご機嫌なのか、聞きたいですか？　そうですか、聞きたいですか。えーどうしよっかなぁー」

「……とりあえず、私は風呂《ふろ》に入ってきます。それでは、洗い物頑張《がんば》ってくださいね」

「ゼスタ様、御《ご》自分から聞いておいてそれはないんじゃないですかね！」

私は、立ち去ろうとしたゼスタ様の神官衣を掴《つか》むと。

「……実はこの後めぐみんさんと、一緒《いっしょ》にお風呂に入る約束をしてるんです」

「ッ!?」

自慢《じまん》げに放った私のセリフに、立ち去ろうとしていたゼスタ様が、その場に足を止めて息を呑《の》む。

「……セシリーさん。これからあなたは、あのロリっ子魔法少女とお湯の掛《か》け合いっこや背中の流しっこをすると言うのですか？」

「言うのですよ。これは、毎日コツコツとエリス教徒への妨害《ぼうがい》を頑張る私に、アクア様がご褒美《ほうび》をくれたと思うのです！」

テンション高く宣言する私に、ゼスタ様はなぜか不敵に笑った。

「セシリーさん。どうやらあなたはお忘れの様だ！　本日の源泉掃除《そうじ》の当番はどなたですか？　……そう。セシリーさん、あなたですよ」

「!?」

ゼスタ様の言葉を受け、パニックに陥《おちい》る私に。

「偉大《いだい》なるアクア様は、この私にこそご褒美をくださったのです！　セシリーさんが仕事で行けなくなった以上、ここは私が一緒に入るしか……」

「その理屈《りくつ》は流石《さすが》におかしいですよゼスタ様！　幾《いく》ら何でも捕《つか》まりますよ！　そ、そうだゼスタ様！　ところてんスライムはお好きですか!?　実は大量に買い溜《だ》めした、ところてんスライムグレープ味が……！」

私はそう言いながら、何とか今日の源泉掃除を代わってもらえないかと、厨房の奥に隠《かく》してあった袋を賄賂《わいろ》代わりに引っ張り出す。

と、いそいそと袋を引き摺《ず》る私に向けて、ゼスタ様が片手を突《つ》きだした。

「セシリーさん。ここは、取引をしましょうか」

「取引、ですか？　……まさか！　私の、この熟《う》れた体を……！」

「それはどうでも良いですセシリーさん。そうではなく……。めぐみんさんと一緒にお風呂に入るのなら、ほら！　私の言いたい事は分かりますね!?」

私は、そわそわと落ち着きのない姿を見て、ゼスタ様が何を言いたいのかを理解した。

「……なるほど、理解しました！　任せてください！」

「流石はセシリーさんです、理解が速い！　源泉の掃除は私に任せなさい！　隅々《すみずみ》までしっかりと洗いましょう！　その代わり、分かってますねセシリーさん。あなたも、その……。めぐみんさんの、アレのアレな様子を隅々まで詳細《しょうさい》に……」

「分かってます、分かってますともゼスタ様！　それ以上おっしゃらなくとも大丈夫《だいじょうぶ》です！　それでは、不肖《ふしょう》セシリー！　お風呂に突撃《とつげき》して参ります！」

私は、ゼスタ様にピシリと敬礼を行うと。

「お任せしましたよセシリーさん！　……ああ、その前に。セシリーさん、私は源泉の掃除などやった事がないのですが、浴槽掃除《よくそうそうじ》のための、重曹《じゅうそう》の袋は一体どこに……」

もはやゼスタ様の言葉もそこそこに、抑《おさ》えきれない気持ちを解放した。

「めぐみんさんめぐみんさんめぐみんさんめぐみんさーん！　待っててくださいねめぐみんさん、今お姉ちゃんが隅々まで綺麗《きれい》に……！」

「セ、セシリーさん、重曹は……。これですか!?　この袋でいいんですか、セシリーさん!?」

慌《あわ》てるゼスタ様の言葉を背に受け、私は厨房から飛び出した。

しかし、まさかゼスタ様も、タイルの目の数を数えるのが好きだったなんて知らなかった。

お風呂掃除《ふろそうじ》の最中にタイルの目の数を数え、気が付いたら一日が終わっていたなんてのは、私だけかと思っていた。

お風呂から上がったなら、数えた目の数を詳細に教えてあげよう。

——アクア様。私、幸せです！

第五章

紅魔の里からの来訪者《デストロイヤー》

1

馬車に揺《ゆ》られながら、私は小さく呟《つぶや》いた。

「本当に、変な人達でしたね……」

馬車の窓から後ろを見ると、アルカンレティアの街が遠く離《はな》れていく。

魔王《まおう》も恐《おそ》れるアクシズ教団。

私が見たあの姿は、アクシズ教団の片鱗《へんりん》に過ぎないのだろうか。

変わった人達だったけれど、別れるとなるとちょっとしんみりするものだ。

私が感慨《かんがい》に浸《ひた》っていると、クイクイと服を引っ張られた。

隣《となり》の席に座っているゆんゆんだ。

……この子も私と同じ想《おも》いなのだろうか。

「ねえめぐみん、何か面白《おもしろ》い物とか、変わった生き物とかいる？　私にも外の景色を見せてよ」

窓際《まどぎわ》に座る私に、そんな情緒《じょうちょ》もない事を言ってきた。

「……ゆんゆんも意外とお子様ですね、せっかく私が浸っていたのに……」

「お、お子様⁉　ちょっと待ちなさいよ、私の方が発育だって……、ああっ⁉　何よ、何でため息なんて吐《つ》くのよ！」

ユサユサと肩《かた》を揺さぶってくるゆんゆんを尻目《しりめ》に、私は窓の外を眺《なが》め続けた。

——現在私達は、駆け出し冒険者の街アクセルへと向かっていた。

この大型の乗り合い馬車は座席が横に五つずつ並び、私とゆんゆんを合わせて十人の客が乗っていた。

そして、私は真っ先に窓際の席に陣取《じんど》ったのだが……。

「ねえ、そろそろ一時間経《た》ったでしょ？　交代しなさいよ！」

「嫌《いや》ですよ、私の体感時間によればまだ十分しか経ってません、大体、私が真っ先に窓際を占拠《せんきょ》した際には、『子供みたいな事しないでよね』って呆《あき》れていたではないですか！」

「だって、さっきから窓の外を見て楽しそうにしてるんだもの！」

「そりゃあ楽しいですよ、せっかくの馬車の旅ですからね。……あっ！　リザードランナーです！　二匹《ひき》のリザードランナーが、雌《めす》を取り合って駆けっこ勝負してますよ！　どっちが勝つのか見物で……」

「ねえ、代わってよ！　私にも見せてよ、ねえー！」

「フフッ……。二人とも、随分と仲良しねぇ」

窓際席を巡《めぐ》り争う私達に笑い声が聞こえてきた。

向かいに座る、小さな女の子連れのおばさんが、目を細めて楽しげに笑っている。

というか、馬車のお客さん達も私達に、皆《みな》、微笑ましい視線を向けていた。

恥《は》ずかしくなったのか、顔を赤くして身を縮めながら大人しくなるゆんゆんに、おばさんが焼き菓子《がし》を差し出してくる。

「お嬢《じょう》さん、これ食べるかい？」

「頂きます」

「ちょっと！」

ゆんゆんに差し出されたお菓子を遠慮《えんりょ》無く横から受け取る私に、ゆんゆんが即座《そくざ》にツッコんだ。

それを見て、おばさんがますますおかしそうに笑い。

「はい、あなたもどうぞ。アクセル行きの馬車に乗っているって事は、二人とも冒険《ぼうけん》者志望かしら？」

ゆんゆんにもお菓子を差し出しながら、おばさんが尋《たず》ねてきた。

恥ずかしそうにもらうゆんゆんを横目に、お菓子を半分に割ると、膝《ひざ》の上でしきりにお菓子の匂《にお》いを嗅《か》いでいたちょむすけに片割れをやる。

お菓子を齧《かじ》り出すちょむすけを、向かいの女の子が目をキラキラさせながら眺めていた。

「ええ、私は冒険者志望です。まずはアクセルにて仲間を募《つの》ろうかと思いまして。……そういえばゆんゆんは、冒険者になるのですか？　弱いモンスター相手に修行《しゅぎょう》するという事でしたが」

「えっ!?　わ、私はその……。どうしようかな、一人だと流石に何かあった時とか困るし……。やっぱり仲間を探さないと……」

「ですよね。魔力《まりょく》が切れたらタダの人となる私達には、仲間は必須《ひっす》ですもんね」

「そ、そうよね！　めぐみんもそう思うわよね！　だからめぐみん、その……」

「同じパーティーに魔法使《まほうつか》い職が二人も居てはバランスが悪いですからね。上手《うま》く、魔法使いのいないパーティーが見つかるといいのですが……、どうしましたゆんゆん？　挙動不審《ふしん》ですよ？」

「べ、別に!?　そうよね、同じパーティーに魔法使いが二人もいるとバランス悪いものね……」

オロオロした後急に落ち込み、お菓子を齧り出すゆんゆん。

その様子を不思議に思いながら見ていると、おばさんが楽しげに笑った。

「あなた達、その紅《あか》い目は紅魔族ね？　アクセルに着けば、きっと二人とも引っ張りだこよ。良い仲間に恵《めぐ》まれるといいわねぇ」

おばさんの言葉に、馬車の中が途端《とたん》にざわつく。

「紅魔族？　紅魔族が二人も乗り合わせてるのか！」

「この旅は安心だな。俺達の仕事も無さそうだ」

「そもそも、こんな大所帯の隊商を襲《おそ》うモンスターなんて滅多《めった》にいないさ」

この中には、どうやら馬車の護衛として雇《やと》われた冒険者も交じっていたらしい。

「ご安心を。この私は、紅魔族随一《ずいいち》の天才と呼ばれたアークウィザードです。モンスターが襲ってきても、大船に乗ったつもりでいてもらえば良いですよ！」

「おおっ！」

「流石《さすが》紅魔族だ！」

「ちょ、ちょっとちょっと、めぐみん！　護衛の人達がいるんだから任せておきなさいよ！　めぐみんの魔法《まほう》じゃ、かえって被害《ひがい》を増やすだけでしょ!?」

ゆんゆんが小声で注意してくるが、周りの人達にチヤホヤされる私は、既《すで》に聞いてはいなかった。

……と、しばらく調子に乗っていた私は、ふと外から影《かげ》が差した気がして窓を見る。

だが、そこには何も……。

いや、空に何かがいるのだろうか？

馬車と併走《へいそう》する様に地面に影が映っていたが、それはやがて小さくなり。

窓から顔を出して見上げてみるが……。いつの間にかその影は消えてしまっていた。

鳥か、空を飛ぶモンスター？

「ねえめぐみん、何か面白い物でも見つけたの？　いい加減、席を代わってよ！」

「代わりませんよ、窓際席は早い者勝ちですから！」

再び喧嘩《けんか》を始めた私達に声が掛《か》けられた。

「ねえお姉ちゃん。私が席を代わろうか？」

それは、おばさんが連れていた、向かいの窓際席に座っていた女の子。

子供に気を遣《つか》われたゆんゆんが、恥ずかしそうに俯《うつむ》いた。

……私もちょっと自粛《じしゅく》します。

2

この馬車の商隊は合計十台で編成され、街々の商《あきな》いのかたわら、空いた客席に人を乗せお金を取るシステムの様だ。

先ほど誰《だれ》かが言っていたが、これだけの規模の商隊相手なら、モンスターが襲ってくる事もないだろう。

今の時刻はお昼過ぎ。

商隊の人達が馬を休ませるため、昼休憩《きゅうけい》を取っていた。

アルカンレティアからアクセルまでは、だだっ広い平原がずっと続くらしい。

私達の四方は見渡《みわた》す限りの大平原。

「のどかだね……。こんな景色を見てると、王都の方で魔王軍が暴れてるなんて話が嘘《うそ》みたいに思えてくるね……」

芝生《しばふ》の上に座るゆんゆんが、そんな景色に目を細めて言ってくる。

馬車に乗っていた私達以外の乗客達も、そこかしこの芝生の上で弁当を食べたり昼寝《ひるね》したりと思い思いに休憩していた。

「ふぉんなふぉこひってると」

「口の中の物飲み込んでから喋《しゃべ》りなさいよ」

「んぐ……。そんな事言ってると、気を利《き》かせてモンスターが襲ってきたりするんですよ。魔法を使いたい私としては願ったりですが」

「……。気を引き締《し》めていかないとね。モンスターが来ない様に警戒《けいかい》を……」

フラグを払拭《ふっしょく》する様に、辺りの警戒を始めるゆんゆん。

「このまま何事もなく順調にいってくれれば、明日のお昼には街に着きそうですね」

「やめてよ！　フラグになる事は言わないで！　学校で習ったでしょう⁉　言っちゃいけないセリフ集にも書いてあったじゃない！」

肩を摑《つか》んで揺《ゆ》さぶってくるゆんゆんに、

「大丈夫《だいじょうぶ》ですよ、これだけの大所帯で移動しているのですから。私の計算によると、モンスターから襲撃《しゅうげき》を受ける確率は0．1％以下で……」

「やめて！　モンスターに襲われたいの⁉　ねえ、皆の前で活躍《かつやく》したくって、ワザと言ってるんでしょう！」

もちろんだ。だが、まあ……。

「そうは言っても、こんな事で本当にモンスターが襲撃してくる訳がないじゃないですか。

これだけの人数が相手です、モンスターだってバカじゃありませんよ」

「それはそうだけど……。でも、変な事言うのは」

やめてよね。

ゆんゆんが、そう言い掛けた時だった。

「モンスターが出たぞーっ!!」

平原に護衛の冒険者の大声が響《ひび》き渡《わた》った――

「だから言ったのに！　フラグになる事は言わないでって、言ったのに！」

「ま、待ってください、これは私のせいではありませんよ！　これだけ護衛の冒険者もいるのに、襲ってくるのはおかしいです！」

涙目《なみだめ》で食って掛かるゆんゆんに、必死で言い訳しながら辺りを見回す。

商隊の護衛を請《う》けおった冒険者達が、雇い主や客を守ろうと駆《か》け回っていた。

その内の一人が私達に気が付くと。

「紅魔族《こうまぞく》の先生方！　本来お客さんであるあんた方にこんな事頼《たの》むのは申し訳ないんだが、モンスターの数が多い！　助けてもらえないか!?」

そう言った後、その冒険者は馬車に積んであった槍《やり》を取り出した。

「先生!?　ゆんゆん、聞きましたか、先生方と呼ばれましたよっ！」

「き、聞いたわ、聞いたけど！　ねえ、どうしてそんなに興奮してるの!?　一体何がめぐみんの琴線《きんせん》に触《ふ》れたのよ！」

せっかく先生と呼ばれたというのに、ちっとも分かっていないゆんゆんが、ワンドを腰《こし》の後ろから取り出した。

「先生だなんて、用心棒みたいではないですか！　行きますよゆんゆん、この戦闘《せんとう》には紅魔族の威厳《いげん》が掛かっていると思ってください！　私達二人で蹴散《けち》らしてやりましょう！」

私はそう言い放ち杖《つえ》を構える。

里の皆《みんな》からもらった杖の、先端《せんたん》にある紅い宝石が陽《ひ》の光を浴びて輝《かがや》いた。

四方は見通しの良い平原だ。

どの方向からモンスターの群れが迫《せま》ってきても、こちらに着く前に爆裂魔法《ばくれつまほう》で一掃《いっそう》できる。

「**ふはははははは、我が名はめぐみん！　紅魔族随一の天才にして爆裂魔法を操《あやつ》りし者！**

この地に巨大《きょだい》なクレーターを作ってみせましょう！」

私の自信ありげな言葉を聞き。

「さすが先生方！　それじゃあ頼みます！」

先ほど槍を手にした冒険者が、なぜか地面を突き刺《つさ》した。

何をしているのだろうと見ていると、槍が刺さった部分が盛り上がる。

「なーに、数は多いが強敵じゃあない！　あんた方に掛かれば楽勝だ！　何せ……」

そして、地中から土をまき散らしながら現れたのは……、

「相手は、雑魚《ざこ》モンスターとして知られる、ジャイアント・アースウォームだ！」

太さは直径一メートル。長さは五メートルほどにもなる、肉食性の巨大ミミズだった。

「「!?」」

それを間近で直視し、絶句したまま固まる私とゆんゆん。

あちこちで聞こえる悲鳴や怒声《どせい》が、酷《ひど》く遠くから聞こえてくる。

ああ、脳が飛びかけているのだろう。

「こいつらは、体は柔《やわ》らかいし大した攻撃力《こうげき》もない！　図体《ずうたい》がデカく、生命力が強くてしぶといだけで、丸呑《まるの》みされない様に気を付ければ大丈夫……」

冒険者《ぼうけん》が何かを言っているが、耳を素通《すどお》りしてしまう。

巨大なミミズが、目はないはずなのにこちらを向いた。

それだけの動作で全身の毛穴が粟立《あわだ》つ。

ピンク色の先端部分がクパッと開き……！

──それが私の限界だった。

「めぐみん待ってえっ！　気持ちは分かるけど！　凄《すご》く分かるけど、これだけ人がいるのにあの魔法は止《や》めて！　皆を巻き込んじゃう！」

爆裂魔法の詠唱《えいしょう》を開始した私のマントを、ゆんゆんが掴んで引き留めた。

「離《はな》してください！　あのキモいのを消し飛ばしましょう！　こっち見てます！　見てますってば！」

「分かるけど！　私だって近寄りたくないけど、何とかするから！」

巨大ミミズの姿にパニックになりかけていると、ゆんゆんがワンドを構えて前に出た。

見れば、ゆんゆんの腕《うで》は鳥肌《とりはだ》が立っている。

この巨大ミミズは音や振動《しんどう》に反応するのだろう。

魔法の詠唱を始めたゆんゆんに、狙《ねら》いを定めた。

「こここ、こっち来ました！　ゆんゆん！　ゆんゆんっ！」

「やめて押さないでやめて！　今やっつけるから盾《たて》にしないでぇ！　『ファイアーボール』ッツッツ!!」

涙目のゆんゆんが、顔を引きつらせながら魔法を唱えた！

魔力《まりょく》の高い紅魔族が放つ魔法は、そこらの魔法使《まほうつか》いのものとは威力《いりょく》が違《ちが》う。

ゆんゆんの放ったファイアーボールは、轟音《ごうおん》と共にミミズの上半身を消し飛ばした。

「い、一撃《いちげき》⁉　凄《すげ》え、流石《さすが》は紅魔族だ……！」

「生命力の高いジャイアント・アースウォームをあっさりと……！」

そこかしこで驚嘆《きょうたん》の声が聞こえてくるが、多分ゆんゆんは、ミミズに対する嫌悪感《けんおかん》と恐怖《きょうふ》の余り、大量の魔力を注ぎ込んだのだろう。

効率も無視し、オーバーキルもいいところな一撃だったが、今の魔法を見て周囲の冒険者達に勢いがついたらしい。

革鎧《かわよろい》を着た冒険者が、ダガーを握《にぎ》り締めながら私達に。

「これなら楽勝だな！　先生方、俺の《敵感知スキル》によると、そこらの地面に大量に潜《ひそ》んでいるみたいだ！　そっちは任せたぜ！」

「「ええっ⁉」」

そう言って、商隊の人達の援護《えんご》に走っていった。

そ、そこらの地面に大量に、と言われても……！

と、その冒険者の言葉に応《こた》える様に、〝そこらの地面〟の土が次々と盛り上がる。

「こここ、この程度のモンスターなら、大魔法使いの私が出るまでもないですね！　先ほどお菓子《かし》をくれたおばさんと女の子が気になるので、私は馬車の方へ……！」

「大魔法使いならこれ何とかしてよ！　いやあっ、いっぱいいるっ！　ねえめぐみん、せめて目を逸《そ》らさずに、前を向いて大量のミミズを見なさいよおおおお！」

3

――再びの馬車の中。

私達は、冒険者達と共に無事巨大ミミズの群れを撃退《げきたい》したのだが……。

「いやー、流石《さすが》は紅魔族だな！　本当に大したもんだよ！　まさか、あれだけのジャイアント・アースウォームを一人で屠《ほふ》るだなんて！」

「まったくだぜ、紅魔族は優秀《ゆうしゅう》な魔法使いばかりだとは聞いてたけどよ、ここまでだとは思わなかった！」

「しかも今の話じゃ、これでまだ半人前だって言うんだろ？　本当にすげーよなあ……！」

馬車の真ん中の席に無理やり座らされたゆんゆんが、一般客《いっぱんきゃく》や冒険者達に褒《ほ》めちぎられ、真っ赤になって俯《うつむ》いていた。

テンパったゆんゆんの手により大量のミミズ達が片っ端《ぱし》から焼き殺され、気が付けば半数以上をゆんゆん一人で屠っていた。

あのまま居続けると、ミミズの死骸《しがい》を狙って他《ほか》のモンスターが寄ってくるそうなので、休憩もそこそこに再出発していた。

そして現在。

一番の活躍を見せたゆんゆんは、旅の目的やその他諸々《もろもろ》など、質問攻めにあっていた。

「でも、本当にあなたが乗り合わせていてくれて助かりましたよ。アクセルに着いたら、ぜひお礼をさせてください。本来なら護衛の依頼《いらい》も請けていないのですから、せめて規定の護衛料だけでも払《はら》わせてください！」

「い……いえそんな……私は、大した事は何も……」

褒めそやされて恥《は》ずかしいのか、ボソボソと小さな声で何かを言っているゆんゆん。

そして、私はといえば……。

「お姉ちゃんは、リボンのお姉ちゃんよりもっと凄いんでしょう？　なら、もっともっと強いモンスターが来ても安心だね！」

「……そうですね、もっと強いモンスターが出てきた時こそが私の出番ですから。その時はお姉ちゃんの必殺魔法《まほう》を見せてあげますよ」

「楽しみにしてるね！」

ゆんゆんから二席ほど離れた窓際《まどぎわ》で、女の子に励《はげ》まされていた。

こんなはずでは……。

言い訳すると、やはりあの場で爆裂魔法を使えば、馬車や一般客も巻き込んでしまったわけで。

なので、若干《じゃっかん》ミミズにびびったとはいえ、ゆんゆんに任せるのは妥当《だとう》だったわけで……。

「しかし、紅魔族は目立ちたがりで派手好き、好戦的でぶっ飛んでるって聞いたが。あんたは普通《ふつう》の人みたいだな！」

「ほんとだよ。謙虚《けんきょ》で、真面目《まじめ》そうで。俺、紅魔族のイメージ変わったよ！」

「最初は紅魔族が乗り合わせているって聞いて、ちょっとビクついてましたが杞憂《きゆう》でしたよ！」

「そそ、そんな事……。私なんて、里では変わり者扱《あつか》いでしたし……」

「またまた！　ていうかあんた、半人前だとか言ってたけども、実は紅魔族の中でも一番手の実力者なんじゃないのか？」

「そうですよ、とても半人前だなんて信じられませんよ。紅魔族は、名前と共に、通り名みたいなものを名乗ると聞いてますよ。紅魔族一の魔法の使い手とか名乗ってもいいんじゃないですか？」

……。

「お姉ちゃん、どこか痛いの？　さっきの戦闘で怪我《けが》でもした？」

ギリギリと歯を食い縛《しば》っていた私は、向かいの女の子に心配された。

「──紅魔族《こうまぞく》一の魔法の使い手だってさ。何だか照れるね……」

ようやく解放されたゆんゆんは、私の隣《となり》の席に戻《もど》ると浮《う》かれた様子で言ってくる。

ぐぬぬぬ……！

「倒《たお》したのは雑魚ばかりですからね、周囲に人がいなければ、私の魔法ならもっと大量のミミズを倒せたはずです！　これで勝ったと思わない事ですね！」

「べ、別に勝っただなんて思ってないわよ！　ただ……。ちょ、ちょっと私の方がこの馬車の人達に認められてるってだけの話で……」

ゆんゆんは慌《あわ》てて言うも、にへらと満更《まんざら》でもなさそうな表情を浮かべる。

……イラッとした。

「決闘《けっとう》です！　次の休憩《きゅうけい》時間になったら、私と勝負してもらいます！」

「な、何よ、やる気!?　いいわよ、受けて立つわ！　そういえば、卒業して以来勝負した事がなかったわね！　お互《たが》い魔法が使える様になった事だし、今こそ『紅魔族随一《ずいいち》の魔法の使い手』の座を賭《か》けて決着をつけるわよ！」

「あ、それならいいです。こんな勝負で、紅魔族随一の座を賭けたくないですから」

「ちょ、ちょっと待ちなさいよ！　勝ち逃《に》げするつもりなの⁉」

わあわあと喧《やかま》しいゆんゆんからプイッと顔を逸らし、窓の外を見る。

「…………？」

「ねえ聞いてる⁉　挑戦《ちょうせん》を受けないって事は、私の勝ちで……！　……めぐみん、どうしたの？　また、勝負してるリザードランナーでも見つけた？」

「……いえ、多分気のせいです」

キョトンとした表情で尋《たず》ねてくるゆんゆんに、何でもない事を告げる。

……何かの影《かげ》が見えた気がしたのだが。

先ほど退治したミミズ目当てに、大きめの鳥が馬車の上を通り過ぎたのかもしれない。

再び騒《さわ》ぎ出したゆんゆんの相手をする内に、私は影の事を忘れていった——

4

「先生、さあどうぞ！　たくさん食べて頂いて、少しでも、使った魔力を回復してくださいね！」

「ど、どうもありがとうございます」

「…………」

あれから何事もなく進み、日も落ち、すっかり暗くなった頃《ころ》。

水場の近くに馬車を止め、私達は野営をしていた。

キャンプファイアーの様にたき火を囲み、ゆんゆんが隊商のリーダーさんに捕《つか》まっていた。

「しかし、これだけの魔法の腕を持つ13歳なんてそうそうおりませんよ。紅魔族の里ではこれが普通の事なのですか？」

「い、いえ、私の同級生の中には、既《すで》に上級魔法が使える子もいますから、私は普通というよりも半人前で……」

「上級魔法！ その歳《とし》で上級魔法を使える人がいるのですか！ 流石は魔王《まおう》軍も恐《おそ》れると言われる紅魔族です！」

商隊のリーダーさんは、ゆんゆんがよほど気に入ったらしい。

美味《おい》しそうなお肉の塊《かたまり》をたき火で焼いて、せっせとゆんゆんに渡《わた》している。

「…………」

「…………め、めぐみんも貰《もら》いなよ。美味しいよ？」

ちょむすけを膝《ひざ》に乗せてその姿を見る私に気付き、ゆんゆんがそんな事を言ってきた。

くっ……、ここで貰ってしまっては負けた気がする。

さっきの戦闘《せんとう》で私が役に立てなかったのは、周囲に人が居たため。

もっとだだっ広い所に敵が展開していれば、遅《おく》れを取る事などなかったはず。

私は紅魔族随一の天才と呼ばれる者。一度の失敗でめげはしない！

「そちらの妹さんもどうぞどうぞ。ささ、たくさん食べてお姉さんみたいになれるといいですね」

「……同級生なんですが」

「えっ⁉　こ、これは失礼、いえその……。ゆんゆんさんが色々と大人びていらっしゃるものですから、つい……」

「おい、私の発育について何か言いたい事があるなら聞こうじゃないか」

私がリーダーに絡《から》んでいると、護衛の冒険《ぼうけん》者がやってきた。

革鎧とダガー姿なのを見るに、盗賊《とうぞく》職の人だろう。

「周囲の見回りは終わりました。近くにモンスターの気配はありませんぜ」

どうやら今まで辺りを警戒《けいかい》していたらしい。

「では、最低限の見張りを立てて早めに休みましょうか。火を嫌《きら》うモンスターは多いですが、知能の高いモンスターだと、逆に呼び寄せてしまう事にもなりますから。他の冒険者達にもそう伝えてください」

リーダーの言葉にその人は一つ頷《うなず》くと、他の冒険者の所へと向かおうとする。

「あ、ああ、やっぱり私も一緒《いっしょ》に行きましょう、直接指示しますよ」

リーダーは慌てたようにそう言うと、報告に来た冒険者と共にどこかへ行ってしまった。

……どうやら、これ以上私に絡まれるのが嫌《いや》で逃げ出したらしい。

他の客達は、やはり旅は疲《つか》れるのか、早々に馬車の中で眠《ねむ》りについていた。

たき火の前で、ゆんゆんと二人きりになってしまった。

「……ねえめぐみん。今日は、私、結構活躍《かつやく》できたわよ」

ゆんゆんが、ちょっとだけ嬉《うれ》しそうにそんな事を言ってくる。

「ほほう、ちっとも活躍できなかった私への当てつけですか」

「ち、違《ちが》うから！　別に、そんなんじゃないから、にじり寄ってこないでよ！」

ジリジリ近づく私に慌てた後、ゆんゆんが気を取り直し、照れた様に。

「……ほら、その、私ってさ。里じゃあまり目立たなかったじゃない？」

「そうですね。たまに、潜伏《せんぷく》スキルでも使っているのかと疑った時もありましたよ」

「あんたちょっと待ちなさいよ。……ま、まあ今はいいわ。それでね、今日はほら、結構活躍できて、色んな人にも頼《たよ》りにされたじゃない？」

俯きながら、嬉しそうに言ってくるゆんゆん。

……と、私は、膝の上のちょむすけがある一点をジッと見つめているのに気が付いた。

「でね、私、ちょっとだけ自信がついたんだ。それでね。本当は、上級魔法を覚えてからって思ってたんだけど……。ねえめぐみん。良かったら、その……。わ、私と一緒に……」

ちょむすけがジッと見ているのはたき火の向かい側。

その真っ暗な闇《やみ》から目を離《はな》さないでいる。

何かがいるのだろうか。

そう思って、立ち上がろうとすると……。

ちょむすけが見ていた闇の中から、羽音と共に何かが飛び出し。

「い、一緒に、パーティーを……。……えっ？」

飛び出してきた何かは、ちょむすけを奪《うば》い取ると、そのまま暗い闇の中へと消え去ろうと……。

「……新手の斬新《ざんしん》なナンパでしょうか。ちょむすけが、お手軽にお持ち帰りされてしまいました」

「ちょっとおおおおっ！」

闇の中から飛び出したのは、ちょむすけを持ち去ろうとしている一匹《ぴき》だけではない。

けたたましい羽音と共に、次々と現れたのは――

「きゃあああああっ！　ジャイアントバット！　ジャイアントバットの群れがーっ！」

オオワシか何かと間違《まちが》えそうなサイズの巨大《きよだい》なコウモリが、たき火に照らされ襲《おそ》い掛《か》かってきた！

5

辺りにコウモリの死骸《しがい》が散乱する中、私はちょむすけを抱《だ》きかかえた。

「ふう、危ないところでしたね。危《あや》うく連れ去られて食われるとこでしたよ？」

「……」

ちょむすけに話し掛けていると、ゆんゆんが何か言いたげな視線をこちらに向けて、荒《あら》い息を吐《は》いていた。

「ゆんゆん、ご苦労様です。大活躍だったじゃないですか」

「手伝ってよー！　暗いから他《ほか》の冒険者の人達も中々攻撃《こうげき》は当たんないし！　魔力《まりよく》が……

…。ま、魔力が、もう……」

よろよろしながらその場にへたり込むゆんゆんの下《もと》に、商隊のリーダーさんを始め、冒険者達がやって来た。

手伝いたいのはやまやまなのだが、こう暗い中で爆裂魔法《ばくれつまほう》をぶっ放そうものなら、誰《だれ》を巻き込むか分かったものではない。

「ゆんゆんさん、お疲れ様です！　いや、またも助かりましたよ！　本当に、今回の旅はあなたがいなかったならどうなっていた事か……！」

「ほんとだよ、あんた凄腕《すごうで》だな！　どうやったら中級魔法であんな威力《いりょく》が出るんだよ！」

「なあ、アクセルに行くって事はパーティーメンバーを探してるんだろ？　どうだ？　良かったら、俺達のパーティーに……」

皆《みんな》が口々にゆんゆんを褒《ほ》めそやす。

だが、魔力が尽《つ》きかけたゆんゆんはそれどころではない様だ。

「ほら、もう夜も遅《おそ》い。ゆんゆんさんは魔力を使い果たしてお疲れの様だ、話をするのは明日《あした》でいいだろう。ささ、ゆんゆんさんはゆっくり休んでください！」

商隊のリーダーさんの言葉を受け、皆がバラバラと散っていく。

と、ゆんゆんの周りにいた冒険者の内の一人が、チラッと私の方を見た。

…………。

「ところで、あの子は何をやっていたんだ？　ジャイアント・アースウォーム相手の時もウロウロしてるだけだったと思うんだが……」

「バカ、きっと馬車の乗客の安全を守ってくれてたんだよ」

「いやでも、普通《ふつう》は魔法の一発ぐらいは……」

そんなヒソヒソ声が聞こえてくる中、私はゆんゆんの傍《そば》に行く。

ぐったりしていたゆんゆんだが、私を見ると自信ありげにはにかんだ。

「ねえめぐみん、どうだった？」

どうだったと言われても。

毛布に包まりながらゆんゆんの隣《となり》に寝転《ねころ》がると、鼻から上部だけを毛布から出して目を閉じた。

活躍できなかった悔《くや》しさからふて腐《くさ》れている訳ではない。

「その、中級魔法でもやれるもんでしょ？　結構戦えてると思わない？」

「そーですね！」

「ちょ、ちょっと、爆裂魔法を撃《う》てなかったからってふて腐れないでよ。そ、それでね？」

ふて腐れている訳ではない！

拗《す》ねている訳でもない！

「……あ、あのさ。それで、さっきの話の続きなんだけどさ。その……私と一緒にパーティーを……」

私は不甲斐《ふがい》なさと悔しさに歯ぎしりしながら、ほとんど耳を素通《すどお》りしているゆんゆんの話に、適当に相槌《あいづち》を打ちながら……。

6

翌朝。

「昨日はお疲れさん！　いや、ほんとに紅魔族《こうまぞく》ってのは頼りになるな！」

「そそ、そんな……。わ、私は、まだまだですから……」

ガタガタと揺《ゆ》れる馬車の中、今日もゆんゆんはモテモテだった。

褒められ慣れていないせいか、相変わらず顔を赤くして俯《うつむ》いているが、ちょっと自信がついたのか、普通の声の大きさで返せていた。

チヤホヤされるゆんゆんに歯ぎしりしつつ、私が窓の外を見ていると。

「私は寝《ね》ちゃってたから知らないけど、お姉ちゃんも、昨夜はモンスターを退治してたの?」

　屈託のない顔で、向かいに座る女の子がそんな事を尋《たず》ねてきた。

「お姉ちゃんは万が一の時のための切り札なのですよ。真の強敵が現れた時こそが出番なのです。なので、昨夜はあそこにいる舎弟《しゃてい》のお姉ちゃんが露払《つゆはら》いをしてくれました」

「ちょっと！　聞こえてるわよ！」

馬車内のど真ん中の席に座らされている舎弟が大声で抗議《こうぎ》してきた。

「しかし、これで二回目のモンスターによる襲撃《しゅうげき》ですか。まあ、これ以上襲われる事はまずないでしょうね。アクセルまではのんびりと過ごしましょう」

「だから、そういったフラグが立つ事を言うのはやめてったら！　二度ある事は、って言うでしょう⁉」

そんな心配性《しょう》なゆんゆんの言葉を、私はふっと笑い飛ばした。


——最後のゴブリンが地に倒《たお》れ、私はそれと共にため息を吐く。

「ふう……。何とかなりましたね。まあ、我々紅魔族に掛かればこんなものでしょう」

「私と冒険者の人達で倒したのに、どうして一仕事終えたみたいな感じで言うの⁉　めぐみんはウロウロしてただけじゃない！　あれほどフラグになる様な事は言わないでって言ったのに！　こんなにぽんぽんモンスターに襲われるのは、めぐみんのせいだからね！」

ゆんゆんの言葉に辺りを見回す。

周囲には、子供くらいの大きさの人型モンスター、ゴブリンの死体が横たわっている。

……何というか、その……。

私は関係ないと思うのだが、この馬車はモンスターによる三度目の襲撃を受けたのだった。

いくら何でも、これだけの人数がいる商隊がこの短い間に三度も襲撃されるだなんて異常な事だ。

……私が余計な事を言ったせいなのだろうか。

ゴブリン相手とはいえ流石《さすが》にこの数はキツかったのか、辺りには、荒い息を吐いた冒険《ぼうけん》者達が思い思いにへたり込んでいた。

よりにもよって、アクセルの街まで後少しという所で襲撃を受けたのだ。

……まったく、散々な旅だ。

里からアルカンレティアにテレポートで送ってもらい、馬車でアクセルの街に行く。

たったそれだけの旅なのに、どうしてこんな大変な目に遭《あ》ったのだろう。

アルカンレティアで変なおっさんと駆《か》け回った事といい、この道中の戦闘《せんとう》といい……。

と、これまでの色んな騒動《そうどう》を思い出していると。

「お姉ちゃん」

と、馬車の中に隠《かく》れていた女の子が、おばさんに連れられて顔を覗《のぞ》かせた。

そして……。

「それと、お兄ちゃん達も。……どうも、ありがとう」

そう言って、ニコッと笑いかけてくれた。

その一言に、へたり込んでいた冒険者達の顔にも笑《え》みが浮《う》かぶ。

こんな笑顔を見たら、苦労した甲斐《かい》もあるというものだ。

「どういたしまして。この程度のモンスターぐらい何て事はないですよ」

「ねえ、だから何もしていないめぐみんが、どうして一番仕事した様な顔するの⁉　結局何もしてないじゃないの！」

ほとんど魔力を使い果たしてへたり込んでいたゆんゆんが、バッと立ち上がって食って掛かる。

それを見て、冒険者や客達の間に笑いが零《こぼ》れた。

——その時だった。

「『カースド・ライトニング』！」

女性の甲高《かんだか》い声が響《ひび》き渡《わた》り、一筋の閃光《せんこう》が迸《ほとばし》る。

空から放たれたその閃光は、馬車に繋《つな》がれていた一頭の馬の頭を貫《つらぬ》いた。

一瞬《いっしゅん》で頭を失い、いななく間もなく倒れ伏《ふ》す馬を見て、へたり込んでいた冒険者達が跳《は》ね起きる。

魔法が放たれた先を慌《あわ》てて見上げれば――

「フフッ、随分《ずいぶん》とお疲《つか》れの様だね。今度こそ、ウォルバク様を返してもらう。お前達の力は見切ったよ。こんな場所に助けは来ない。紅魔の里やアルカンレティアの時の様に、何とかなると思うなよ？」

そう言って、今回はもはやその正体を隠す事もせず。

背から翼《つばさ》を生やし空を舞《ま》う、上位悪魔《あくま》アーネスがそこにいた。

私は深々とため息を吐き、

「あなたもしつこいですね。この子はウチのちょむすけです。もういい加減諦《あきら》めてはどうですか？」

そう言って、足下《あしもと》に纏《まと》わり付くちょむすけをこれ見よがしに抱《かか》え上げた。

ふてぶてしい使い魔を、盾《たて》の様に掲《かか》げるのを見たアーネスは、慌てるかと思えばそうでもない。

ゆっくりと地上に舞い降りてくると、余裕《よゆう》たっぷりの表情で。

「諦めるのはそっちの方さ。……というか、既《すで》に金は払《はら》ったんだ、ウォルバク様を引き渡せないと言うのなら、金を返してもらおうか」

「ッ⁉」

金返せの言葉に一瞬ビクッと震《ふる》えるが、ここで相手に屈《くっ》してはならない。

「そそそ、そのような脅《おど》しには屈しませんよ、悪魔との取引は、契約《けいやく》を破棄《はき》して踏《ふ》み倒しても罰《ばち》は当たらないと、アクシズ教徒が教えていましたし！」

「確かにアクシズ教徒の人がそんな事言ってるけれど、それは幾《いく》ら何でもあんまりだと思う！　ねえめぐみん、お金なら私が立て替《か》えるから、ここはお引き取り願うって事で……」

私の隣にやって来たゆんゆんが提案してくるが、顔を引きつらせたアーネスが、額に青筋を立てて罵声《ばせい》を浴びせる。

「これだから人間って奴《やつ》は信用できないんだよ！　あたし達悪魔による、魂《たましい》と引き替えに願いを叶《かな》えるサービスが廃止《はいし》になったのは、お前らが毎度毎度、願いを叶えてもらった後に何かと屁理屈《へりくつ》をつけて支払《しはら》いに応じなかったり、無茶《むちゃ》な願いが多すぎたのが理由なのさ！　お前ら人間はもっと誠実に生きろ！」

　まさか、悪魔に誠実に生きろと説教されるとは。

　この悪魔は、過去に酷《ひど》い目にでも遭わされたのだろうか。

「何にせよ、今更《いまさら》金を返してもらったところでウォルバク様は連れて帰らせてもらうがね！　さあ、この中で最大戦力である、そこの紅魔族のお嬢《じょう》ちゃん！　既にあんたが魔力《まりょく》を使い果たしている事は分かってるんだよ！　つまり、お前らの中であたしに対抗《たいこう》できる奴はいないって事さ。他《ほか》の冒険者達も動くんじゃないよ！　あたしなら、この場にいる全員を皆殺《みなごろ》しにする事だってできるんだからね！　無駄《むだ》な時間は取らせず、とっととウォルバク様を引き渡しな！」

　……む？

　ゆんゆんの魔力切れを知っているという事は、アーネスは今の今まで私達の戦闘を見張り、タイミングを計って飛び出してきたという事だろうか。

いや、それにしては引っ掛《か》かる。

ゆんゆんの事を、この中で最大戦力だと言い張るのはどういう事だろう。

この、紅魔族随一《ずいいち》の天才が残っているのに、他に対抗できる奴がいないと断言されるのは腹が立つ。

「あの、私はまだ、魔力を有り余らせているのですが。というか、私こそがこの商隊の中での切り札的存在なのです。もうちょっとこう、緊張感《きんちょうかん》とかを持って頂けると……」

「すっこんでろなんちゃって紅魔族」

……。

「おい、なんちゃって紅魔族とは誰《だれ》の事だか聞こうじゃないか。この私を誰だと思っているのですか、我が名は……」

「魔法《まほう》の使えないアークウィザードだろ？　あたしだって何度も失敗ばかりする訳にはいかないからね。アルカンレティアからここまでの道中、しっかりお前の事を観察させてもらったさ」

ここまでの道中を観察……。

私はピンときた。

こんな大所帯の商隊が、こうもモンスターに襲《おそ》われるなんて事は、普通《ふつう》はあり得ないはずなのだ。

「……あの大ミミズやジャイアントバット、そしてゴブリンによる襲撃。ひょっとして、あなたが何かやったのですか？」

私の言葉にアーネスが、心底楽しそうにニイッと笑った。

「気付いてくれた？　そうだよ、何度も何度も散々な目に遭わされてきたあんたに、ささやかながらお返ししてやったのさ。あたしぐらいの上位悪魔になれば、ちょっと魔力を込めて殺気を振《ふ》りまいてやるだけで、弱いモンスター程度なら追い立てたりできるのさ。……そう、その顔が見たかったんだよ！　悔《くや》しそうなその顔を！」

お、おのれ……！

「本来ならばとても快適な馬車の旅が、あなたのおかげで使えない子扱《あつか》いされてきたのです！　この代償《だいしょう》は……」

高く付きますよ！

そう言い放とうとした時、盗賊《とうぞく》風の冒険者が不意にアーネスへと躍《おど》り掛かった！

というか私も、今の今までその冒険者に気付かなかった。

きっと、《潜伏《せんぷく》》のスキルでも使ってジリジリと接近していたのだろう。

アーネスに飛び掛かったその冒険者は……、

「邪魔《じゃま》だっ！」

無造作に振り払われた拳《こぶし》に打たれ、大きく弾《はじ》き飛ばされた。

成り行きを見守りながら隙《すき》を窺《うかが》っていた他の者達が、その光景を目《ま》の当たりにしてギョッとする。

攻撃《こうげき》を受けた冒険者はピクリとも動かない。

見れば、遠く弾き飛ばされたその人は、腕《うで》が変な方向に曲がり、完全に意識を失っていた。

「この……っ！　おい、お前ら！　取り囲め！」

きっとその人が、冒険者達のリーダーなのだろう。

重装備の戦士風の人が、他の冒険者達に指示を出しながらアーネスへ一斉《いっせい》に襲い掛かる！

7

「──な、なんだコイツは、デタラメに強いぞ……！　何でこんなに強い大物の悪魔が、駆け出しの街近くにいるんだよっ！」

盾を砕《くだ》かれた冒険者が、残骸《ざんがい》となったそれを投げ捨て半泣きで叫《さけ》ぶ。

――惨憺《さんたん》たるものだった。

護衛の冒険者達は軒並《のきな》み倒《たお》れ、中にはすぐに手当てしなければ助からないと思える重傷の人もいる。

二十人以上いた冒険者達は、立っているのは私とゆんゆんを除けば、今や二人だけとなっていた。

馬車を走らせる事もできず、怯《おび》えながら戦況《せんきょう》を見守る乗客達。

一応私とゆんゆんもお客さんなのだが、戦える力を持つ私達が馬車に隠れている訳にもいかない。

ゆんゆんは魔力が枯渇《こかつ》しているにも拘《かか》わらず、銀色の短剣《たんけん》を抜《ぬ》きアーネスの隙を窺っている。

そして、私はといえば……！

「アーネス、勝負です！　この私と勝負です！　我こそは、天才と呼ばれし者にして、紅《こう》魔族《まぞく》随一の魔法の使い手！　あなたの目的はこのちょむすけでしょう！　私に勝ったあかつきには、もれなくこの毛玉があなたの物に……、いい加減話を聞いてください！」

ちょむすけを餌《えさ》にするもアーネスにまったく相手にされず、ただ一人焦《じ》れていた。

冒険者《ぼうけん》達が参戦してくれたのは有り難《がた》いのだが、彼らがいるために爆裂魔法《ばくれつまほう》が使えない。

アーネスに勝負を挑《いど》んで場所を変え、そこで決着をつけたいのだが……！

「……お前の相手は最後にしてやる。少しでも抵抗《ていこう》する力のある奴を全員仕留めたらな。もうお前のペースには嵌《は》まらないさ。何より、お前が魔法を使えない事を見抜《みぬ》いているんだ。思えば、最初に会った時。そこのお嬢ちゃんは魔法を撃《う》ったが、お前は魔法を使おうとはしなかった。アルカンレティアであたしと出会った時もそうだったな。魔法が使えるなら、詠唱《えいしょう》ぐらいはするもんさ」

アーネスは、こちらに視線も向けず言ってきた。

私が魔法を使えない？

そういえば、何かさっきもそんな事を。

いやあの時は、紅魔の里では爆裂魔法を使う訳にもいかず、アルカンレティアでは街中で爆裂魔法の詠唱をする訳にもいかず……。

「あの時にピンときたのさ。ひょっとしたらお前は、何かの事情で魔法が使えないんじゃないかってね。念には念を入れて、モンスター共をけしかけてみれば案の定さ！　三度も襲撃《しゅうげき》を受けたにも拘わらず、お前は一度も魔法を使わなかった！」

アーネスは、喜々として叫ぶと同時に、残る二人の冒険者の内、一人に対して飛び掛かった。

冒険者が、咄嗟《とっさ》に剣《けん》による反撃《はんげき》を行うも、アーネスは無造作に剣をわし摑《づか》み、そのまま股間《こかん》を蹴《け》り上げる。

重いプレートメイルを着込んだ冒険者が蹴りの威力《いりょく》で一瞬《いっしゅん》浮《う》いた。

口から泡《あわ》を吹《ふ》きながら、気を失った冒険者が崩《くず》れ落ちる。

「……何か重大な誤解が生まれている様ですね。私が魔法を使わなかったのは、我が強大な力を解放すると、周りの人達に被害《ひがい》を及《およ》ぼしてしまうからであって。巻き込むまいとの、配慮《はいりょ》の結果でですね……。今こそ、私達の決着を……！」

「この口だけ達者な紅魔族が。それ以上喋《しゃべ》るんじゃないよ！　ウォルバク様を盾にした囮《おとり》にしたり。のらりくらりと戦闘《せんとう》を回避《かいひ》してきたクセに、今更決着だって？　どうせまた何か企《たくら》んでいるんだろう！　そう何度も騙《だま》されないからね！」

アーネスが、最後の一人の冒険者に向けて手をかざす。

「『ライトニング』！」

「あがががっ……!?」

今まで素手《すで》で戦っていたアーネスに、不意に魔法で電撃《でんげき》を放たれ、咄嗟の反応が遅《おく》れた冒険者が倒れ伏《ふ》した。

と、コソッと傍《そば》に寄ってきたゆんゆんが、私にそっと耳打ちしてくる。

「めぐみん、街はもうすぐそこよ。走って逃《に》げれば、もしかしたら辿《たど》り着けるかも」

逃げる。

確かに、今の状況《じょうきょう》では逃げるのが一番なのだろう。

チラッと商隊の馬車の方を見ると、あの女の子と目が合った。

……どうしようか。

ちょむすけを連れて逃げれば、多分アーネスは私を追ってくるだろう。

そして、巻き込むことを恐《おそ》れて強力な魔法は撃てないはずだ。

はず、なのだが……。

「何を考えているのか当ててやろうか。ウォルバク様を盾《たて》に街に逃げるとかだろう？　そう何度も好きにはさせないよ。お前が逃げたら、そこらに転がっている瀕死《ひんし》の冒険者達と、馬車から覗《のぞ》いているあの連中にトドメを刺《さ》す。何のために冒険者達を生かしているのか考えるんだね」

黄色い瞳《ひとみ》を剣呑《けんのん》に輝《かがや》かせ、口元を歪《ゆが》めて言ってきた。

何度もちょむすけを人質《ひとじち》にしてきた事が裏目に出てしまった。

……困った。どうしたものだろう。

「さあ、ウォルバク様をこっちに寄越《よこ》しな。そうしたら、今までの事は忘れてやるよ。お前ら全員見逃《みのが》してやるさ」

アーネスが口元を歪め、まさに悪魔《あくま》の取引というヤツを持ち掛けてくる。

……確か、悪魔は契約《けいやく》や約束事を大事にするという話を聞いた事がある。

ここは、ちょむすけには悪いが取引に応じるべきか。

それとも……。

「ダメよ！　あなたなんかにちょむすけは渡《わた》さない！　その子は、ウォルバクなんて名前じゃなくてちょむすけなんだからっ！」

……悩《なや》む必要はなさそうだ。

人見知りが激しく、引っ込み思案なこの子ですら、こう言っているのだ。

「お断りします。この子が欲しければ実力で奪《うば》ってみるが良いですよ。ほらゆんゆん、短剣をこちらに貸してください！　ちょむすけを猫質《ねこじち》にしながら街へと向かいますよ！　さあアーネス！　先ほど、この毛玉を連れて逃げたら他《ほか》の人に危害を加えると言いましたね！　もし危害を加えたなら、その時点であなたの敬愛するこの毛玉は、粋《いき》なモヒカンへアーになりますよ！」

「「!?」」

私の言葉に絶句し固まるゆんゆんに、片手でちょむすけを抱《だ》いたまま、ほら早くと空いた手を突《つ》きだした。

と、アーネスがこちらへと歩いてきた。

身構えもせず、口元に薄笑《うすわら》いを浮《う》かべながら真っ直《す》ぐに。

「……？　堂々と向かってきますね、こっちにはこのふてぶてしい毛玉がいる事を忘れないでくださいね。この場を立ち去ってくれれば、この子は私が立派に育ててみせます。さあ、この子の無事を願うなら」

「お前がウォルバク様を殺せないのは分かった。フフッ、もうそんな脅《おど》しに屈《くっ》しはしないさ」

アーネスが、そう言いながらニヤニヤと笑《え》みを浮かべ……。

ま、マズい、開き直られるとは思わなかった、ちょむすけに万が一でも危険が及ぶ事は絶対に避《さ》けると思っていた！

どうしよう、どうすれば……！

かといって、このままちょむすけを渡すのも……！

「めぐみんは下がってて、ここは私が……！」

ゆんゆんが、小さく震《ふる》えながら短剣を構え前に出る。

私は、何だかいつもゆんゆんに庇《かば》われてばかりな気がする。

「短剣なんかで何をする気？　魔法《まほう》を使えない紅魔族なんて、これ以上にない役立たずじゃないか。……そこの、口だけの紅魔族の事だけどね」

……………。

「めぐみんは役立たずなんかじゃないわ！　めぐみんは、その……、私なんかよりも凄《すご》い魔法使《まほうつか》いなんだからっ！」

ゆんゆんが震えながらも噛《か》みついた。

アーネスは、それに応《こた》える様に歩みを止め。

「だったらなぜ魔法を使わない？　……使わないいんじゃなく、使えないいんだろ？　確か聞いた話じゃあ、紅魔族は上級魔法を覚えてこそ一人前らしいね。でもあんたは、中級魔法しか使っていなかった。めぐみんとかいったか？　あんたはまだ、上級魔法を習得するために、スキルポイントを貯《た》めている途中《とちゅう》なんだろう。どうだい？　図星だろ、ハッタリ紅魔族！」

「…………………。……さっきから無言のままだね。何とか言ったら」

「もういいです」

挑発《ちょうはつ》を続けようとしたアーネスの言葉を、被《かぶ》せるようにして遮《さえぎ》った。

私は左手に抱いていたちょむすけを右手に持ち替《か》え、足下《あしもと》の杖《つえ》を左手に取る。

「もういいです。紅魔族は、売られた喧嘩《けんか》は買うのが掟《おきて》です」

「……？　何がもういいってのさ、こっちはちっとも」

「もういいって言っているのです。この私が口だけかどうか、試《ため》してみますか？」

私の不穏《ふおん》な空気を感じ取ったのか、アーネスが一歩後ずさる。

そして、油断なくこちらを窺《うかが》ったまま。

「本当に魔法が使えるって事か？　このあたしに、もう脅しやハッタリは通用しないよ」

言いながらも、あきらかに警戒《けいかい》の色を濃《こ》くするアーネス。

「め、めぐみん、どうする気なの……？」

同じく不穏な空気を感じ取ったのか、ゆんゆんまでもが恐る恐る聞いてきた。

「……そんなにちょむすけが欲しいのですか？」

「「えっ？」」

ポツリと呟《つぶや》いた私の言葉に、アーネスはおろか、ゆんゆんまでもが声を上げた。

不穏な何かを察したのは、アーネスやゆんゆんだけではなかった様だ。

私に大人しく捕《つか》まえられていたちょむすけが、急にジタバタともがき出す。

私は右手に持ったちょむすけを、スッと腰《こし》の後ろに下げると……。

「す、素直《すなお》に返すって言うのなら、さっきも言った様に見逃してやらなくも……」

「では、渡してあげますから〝絶対に〟受け止めてくださいね」

何か言い掛《か》けるアーネスの遥《はる》か向こう、空高くへと——


ちょむすけを、ポーンと放《ほう》り投げた。


「ちょっとめぐみん何やってんのよおおおおおお！」

「きゃあああああウォルバク様あああああああああーっ‼」

アーネスは絶叫《ぜっきょう》しながら凄《すさ》まじい勢いで空に舞《ま》い上がり、何とかちょむすけを空中でキャッチした。

私は杖を両手で掴み直すと、ちょむすけをキャッチするために空高く舞い上がったアーネスへと狙《ねら》いを定め……！

「やめてえええええ！　ちょっとめぐみん、何するつもりよおっ！　詠唱《えいしょう》ストップ、やめてやめてえええええ！」

私が始めた爆裂魔法《ばくれつまほう》の詠唱は、泣きながら腕《うで》に縋《すが》り付いてくるゆんゆんに止められた。

「何をするのですか、今が絶好のチャンスですよ！　敵は空です、今なら爆裂魔法を撃《う》ち込んでも被害が出る事はありません！」

「出るよっ！　ちょむすけが！　ちょむすけが一緒《いっしょ》にいるのが見えないの⁉」

私の本気を感じ取ったのか、縋り付いたまま離《はな》れないゆんゆんに。

「あれは私の使い魔《ま》です、使い魔が主人の危機を救うために死ぬのは仕方のない事。後でお墓も作ってあげますから……ああっ、止《や》めてください、杖を離してください！　口だけ紅魔族呼ばわりまでされた以上、ここで引き下がる訳にはいかないのです！」

「離さないわっ！　離すもんですか！　紅魔族なら、相手の挑発なんて冷静に受け流しなさいよね‼」

ゆんゆんと揉《も》み合っていると、空から異様な気配を感じ取る。

そちらを見ると、血走った目をしたアーネスが、片手にちょむすけを抱き、もう片方の手を空に掲《かか》げている。

大きく翼《つばさ》をはためかせて中空に浮いたまま、アーネスは魔法の詠唱を行っていた。

「ゆんゆん！　このままではアーネスの魔法が完成してしまいます！　私達がやられれば、商隊の人達や冒険《ぼうけん》者も、腹いせに殺されないとは言い切れませんよ！　早く杖を離してくださいっ！」

「だって！　だって!!　それは分かるんだけど、頭では分かるんだけど！　でも、めぐみんの薄情者《はくじょうもの》！　こ、こんなピンチの時こそ、紅魔族の流儀《りゅうぎ》ならどこからともなくきっと助けが……！　あああ、私のバカ、そんなの来る訳ないのに！　神様神様、幸運の女神《めがみ》エリス様ーっ！」

「こんな時に神頼《かみだの》みですか！　あなたも紅魔族なら、破壊神《はかいしん》にでも祈《いの》りなさい！　いきますよ……っ!!」

ゆんゆんが邪魔《じゃま》する中、杖を握《にぎ》って強引《ごういん》に爆裂魔法の詠唱を始めた。

視線の先にはアーネスが、空に巨大《きょだい》な火球を浮かべている。

私達を、骨も残さず焼き尽《つ》くすつもりなのだろう。

その火球の大きさは既《すで》にアーネスをも超《こ》えて……！

「紅魔の里に封印《ふういん》された、名もなき邪神《じゃしん》に破壊神、そして女神エリス様！　……あとついでに、水の女神アクア様……！　皆《みんな》無事に助かったなら、めぐみんが人の心を持てる様にちゃんと更生《こうせい》させますから！　お願いですから、ちょむすけも皆も助けてくださいっ!!」

「ひ、人の事を何だと……！　諦《あきら》めてください、この世界は世知辛《せちがら》いものなのです、そうそう都合良くいくはずが……！」

──そこまで言い掛けた時だった。

爆裂魔法を操《あやつ》る私ですら、身震《みぶる》いする様な超魔力《ちょうまりょく》。

それこそ、世界を変貌《へんぼう》させかねない程《ほど》の凄まじい魔力を感じ、思わず詠唱を止めてそちらの方を見てしまう。

それを感じ取ったのは、私だけではなかったらしい。

ゆんゆんもビクッと震え、私と同じ方角を見る。

そして。

「……!? なな、何だこの魔力は……! いや、神気……!?」

アルカンレティアでゼスタに浄化《じょうか》されかけた時よりも、更《さら》に恐《おそ》れおののいた表情で、アーネスが魔法を中断させて酷《ひど》く怯《おび》えていた。

まるで、生来の天敵にでも出会ってしまったかの様に。

アーネスが怯えながら見つめる先は、もちろん私達と同じ方角。

それは、私の目的地であるアクセルの街だった。

アーネスは、よほど怯えていたのだろう。

手に抱いていたちょむすけが、スルリと逃《に》げた事にしばらくの間気が付かなかった。

「……ああっ!!」

空に浮かんでいたアーネスが、今更《いまさら》ながらに失態に気付く。

慌《あわ》ててちょむすけを追おうとするも、その先にゆんゆんが猛《もう》ダッシュしているのを見て思い留《とど》まる。

ゆんゆんが、落っこちてくるちょむすけをキャッチした。

それを見て、ホッとした表情を浮かべたアーネスは、

「……な、なな、何だそれは……!?」

自分に向けて杖を構える、爆裂魔法の詠唱を終えた私に視線を向けた。

私の杖の先には、既に膨大《ぼうだい》な魔力が圧縮され、白い光が輝《かがや》いている。

馬車の中から成り行きを見守っていた乗客達が、息を呑《の》んでその光を見守っていた。

魔力のない彼らでも、この光が尋常《じんじょう》ではないものだと本能的に悟《さと》ったのだろう。

アーネスが、真っ青な顔で唾《つば》を飲む。

「……それは何の魔法だ？」

「爆裂魔法です」

私の即答《そくとう》を聞いて、アーネスがビクリと震えた。

ちょむすけを抱《だ》いたゆんゆんがこちらに駆《か》けてくるが、アーネスはそれどころではなく、

私から目を離せずにいる。

「……分かった、今回は引き下がるよ紅魔族。口だけなんて言って悪かったね」

「別に謝らなくてもいいですよ。紅魔族は戦闘《せんとう》において容赦《ようしゃ》のない種族なのです。このまま見逃《みのが》すほど甘くはないですよ？」

それを聞いたアーネスが、空に浮《う》いたまま固まった。

そして。引きつった笑《え》みと共に、素早《すばや》く手をこちらに向け……！

「『カースド・ライトニ』」

「『エクスプロージョン』——ッッッ!!」

アーネスが魔法を放つより一瞬《いっしゅん》速く。

私の必殺魔法が、この日初めてアクセルの街の空を揺《ゆ》るがした——

8

「いや、お見それしました！　いえ疑っていた訳ではないんですよ、ええ、私は最初から、あなたが凄腕《すごうで》の大魔法使《だいまほうつか》いだと分かっておりましたとも！」

すっかり特等席と化した窓際《まどぎわ》で、私は魔力切れの気怠《けだる》い状態の中、商隊のリーダーさんから賛辞を浴びせられていた。

アーネスに爆裂魔法を食《く》らわせた後、多くの怪我《けが》人を収容し、アクセルの街へと向かっていたのだが……。

「しっかし、もの凄《すご》いな紅魔族の本気っていうのは。天地がひっくり返ったのかと思ったぜ」

「いや、空に向けて撃った魔法《まほう》だってのに、地面に小さなクレーターができてたんだぜ？　威力《いりょく》が尋常じゃなさ過ぎるだろう。ありゃ一体、何の魔法だったんだ？　上級魔法ってヤツを使える魔法使いは一握《ひとにぎ》りだと聞くが、アレがそうなのかい？」

口々に浴びせられる質問に、私は一々答えていた。

本当は眠《ねむ》りたいのだが、このチヤホヤ感がちょっと心地《ここち》良いのだ。

同じく魔力をほとんど使い果たし、隣《となり》の席で私と同じ様にぐったりしながら、悔《くや》しそうにこちらを見ているゆんゆんの視線を、もっと浴びたいというのもある。

「しっかし、あの悪魔《あくま》は強かったな。でもまあ、流石《さすが》にあの爆発《ばくはつ》には耐《た》えられなかったみたいだが」

片腕《かたうで》を押さえ、辛《つら》そうな冒険者がしみじみと呟いた。

──悪魔族は地獄《じごく》の住人。

この世界で肉体が滅《ほろ》んだとしても、確実に倒《たお》せたかどうかは分からない。

超《ちょう》大物の悪魔の中には、通称《つうしょう》《残機《ざんき》》とか呼ばれる予備の魂《たましい》を身代わりに、即座《そくざ》に復活するなんていう、反則じみた者まで存在するとかしないとか。

とはいえ、アーネスとはもうこの世界で会う事はないだろう。

「あの悪魔の姉ちゃんは、強いって意味でも凄かったが、その、別の意味でも凄かったよな……」

…………。

一人の冒険者を皮切りに、アーネスの外見への感想に移った冒険者達。

……この街でパーティーメンバーを募《つの》る際には、絶対にセクハラしないような真人間と組もう。

私が、気怠い体でそんな事を考えていると。

「ねえめぐみん。やっぱり、めぐみんは凄いよね。あんな悪魔まで倒しちゃうなんて……」

隣のゆんゆんが、私にだけ聞こえる声で呟《つぶや》いた。

「私が凄いのは当たり前ではないですか。何せ、紅魔族随一《ずいいち》の魔法の使い手ですよ？」

私の言葉にゆんゆんが、ちょっとだけ悔しそうに、それでいて楽しそうに笑い。

「……あのさ、私が昨日の夜に言った事。あれ、やっぱり無しにしてもらえないかな？」

と、苦笑《くしょう》しながら言ってきた。

昨日の夜に言った事とは何だろう？

そう言えば昨夜、何かを誘《さそ》われた様な気がするけど覚えていない。

というか、眠くて適当に相槌《あいづち》を返してたと思うのだけど……。

昨夜の事とやらを思い出せずに無言でいると、どうやらゆんゆんは、何を勘違《かんちが》いしたのか慌てて言った。

「ち、違うの！　別に、めぐみんと組むのが嫌《いや》だって訳じゃないからね⁉　そうじゃなくて……。このまま一緒《いっしょ》に組んじゃったら、私が足手まといになりそうだなって思ってさ。だから……」

ゆんゆんは、意を決した様にこちらを向くと。

「もっともっと修行《しゅぎょう》して、私が上級魔法を覚えたら、その時こそ決着をつけよう。そうしたら……」

その後も、何かを言っていたみたいだけど、最後まで聞き取れなかった。

修行するなら、上級魔法を覚えるよりも、もっとコミュニケーション力を鍛《きた》えるべきだと思う。

でも、まあ……。

「いいですよ。その時は決着をつけましょうか。まあ、どれだけ修行したとしても、ゆんゆんが泣いて帰る姿しか想像できないのですが」

「今の内に言ってなさいよ!? 私が強くなったあかつきには、めぐみんの方から手助けしてくれって言わせてみせるから！」

二人して座席にもたれかかりながら言い合っていると、向かいの席から楽しそうな笑い声が聞こえてきた。

お菓子《かし》をくれたおばさんと、その子供の女の子だ。

せっかく大活躍《だいかつやく》をして見せたのに、格好悪いところも見せてしまった。

ゆんゆんと二人、ちょっと恥《は》ずかしく思っていると。

「ねえ、凄い魔法使いのお姉ちゃん」

女の子が、満面の笑みを浮かべて言った。

「お母さんと、皆を助けてくれてありがとうね！」

……何となく、ゆんゆんと顔を見合わせにやけてしまう。

冒険者《ぼうけん》というのは常にこんな感じで、住人に愛され感謝されるものなのだろうか。

そうだとしたら、この街で頑張《がんば》ってみようと思う。

「ねえめぐみん。そう言えば、さ」

ゆんゆんが、神妙《しんみょう》な顔つきで。

「あの時、アクセルの街の方から、一瞬だけど凄い魔力を感じなかった？　まるで……。

そう、まるで、神様の奇跡《きせき》級の魔法でも使ったみたいな」

……それは私も気になっていた。

「アレは一体何だったんでしょうね。あれから何も感じませんし。というか、タイミングが良すぎですよ。ゆんゆんが何か祈《いの》ってたじゃないですか。もしかすると、気まぐれな神様が手助けしてくれたのかもしれませんよ？」

「ええっ!?　でもどうしよう、私あの時、色んな神様に……。それこそ、邪神《じゃしん》や破壊《はかい》神にまで、思いつく限りの神様にお願いしてた様な……」

………………。

「ま、まあいいじゃないですか。こうして皆《みんな》助かったんですし」

「そ、そうなんだけど。この街で何が起こったのか気になるわね……」

そう言って考え込むゆんゆんを尻目《しりめ》に、私は少しだけ身を起こし、窓の外に視線をやった。

私達を乗せた馬車は、丁度アクセルの街へと入った様で、安全のために速度を落とす。

石造りの街中を、馬車が音を立てながら進んでいく。

と、そんな中。

好奇心《こうきしん》に目をキラキラさせた茶髪《ちゃぱつ》の少年と、ポカンと口を開けた、水色の髪《かみ》をした綺麗《きれい》な少女が目についた。

二人とも、私より少しだけ年上だろうか。

「……異世界だ。……おいおい、本気で異世界だ。え、本当に？　本当に、俺ってこれからこの世界で魔法とか使ってみたり、冒険とかしちゃったりすんの？」

開けたままの窓から、少年のそんな呟きが聞こえてくる。

この人達もアクセルに来たばかりなのだろうか。

「あ……ああ……あああ…………」

カタカタと震《ふる》えながら小さな声を上げている少女。

……な、何だろうこの二人は。

無性《むしょう》に目を惹《ひ》くというか、気になるというか。

「獣耳《けもみみ》だ！　獣耳がいる！　エルフ耳！　あれエルフか!?　美形だし、エルフだよな！

さようなら引き篭《こ》もり生活！　こんにちは異世界！　この世界なら、俺、ちゃんと外に出て働くよ！」

「あああああ…………ああああああ…………ああああああああああ！」

よく分からない事を……、というか、あまり分かりたくもない事を大声で叫《さけ》ぶ少年。

どんどん震えが激しくなる少女。

私達を乗せた馬車が、そんな変わった二人の横を通り過ぎる。

「おいうるさいぞ。俺まで頭のおかしい女の仲間だって思われたらどうするんだよ。それより、こういった時には俺に渡《わた》す物とかあるだろ？　ほれ、見ろよ今の俺の格好。ジャージだよ？　せっかくのファンタジー世界にジャージ一丁ですわ。ここはゲームとかで恒例《こうれい》の、必要最低限の初期装備とかを……」

「あああああああああああああああああああああああああああああーっ!!」

窓から覗《のぞ》き見ていると、少女が少年の首を絞《し》めようと摑《つか》み掛《か》かる。

「うおっ！　な、なんだよ、やめろ！　分かったよ、初期装備は自分でなんとかするよ。というか、悪かったって！　そんなに嫌ならもういいよ、帰ってもらって。後は自分で何とかしてみるから」

少年が面倒臭《めんどうくさ》そうに、シッシッと手を振《ふ》った。

「あんた何言ってんの⁉　帰れないから困ってるんですけど！　どうすんの⁉　ねえ、どうしよう！　私これからどうしたらいい⁉」

……よく分からないが、この二人には関《かか》わり合いにならない方が良さそうだ。

私は、そんな二人の叫びを聞きながら、視線を馬車の中に戻《もど》した。

私もこれからどうしようか。

いつの間にか、私の隣で寝息《ねいき》を立てているゆんゆんを見て。

外の騒《さわ》がしい声を聞きながら、私も眠る事にした——

幕間劇場【終幕】

――アクア様、感謝します！――

めぐみんさんがアクセルの街に旅立ってから、何日が経《た》ったのだろう。

あの愛らしいロリっ子が来る前の、平穏《へいおん》な毎日に戻っただけ、なのだが……。

「私のところてんスライムが……」

……そう。

あの女悪魔は、事もあろうにわざわざ私のところてんスライムを使って犯行に及《およ》んだらしい。

めぐみんさんを見送った後、厨房《ちゅうぼう》でところてんスライムを作ろうと思ったのだが……。

わざわざ隠《かく》してあったところてんスライムの袋《ふくろ》が、綺麗に無くなっていた。

あの女悪魔め、よりにもよってアクシズ教団の総本部に侵入《しんにゅう》するとは良い度胸。

絶対に許さない、絶対に！

ただでさえ理想のロリっ子との別れなんてものがあったのに、トドメを刺《さ》された気分だった。

こんな事なら、素直《すなお》にめぐみんさんを追ってアクセルの街まで付いていけば良かった。

——と、私が怒《いか》りと共に後悔《こうかい》の念で一杯《いっぱい》になっていた、その時だった。


「神託《しんたく》が下ったああああああああ！」


ゼスタ様が、突如《とつじょ》大声を張り上げた。

どうなされたのだろう、とうとうボケがきてしまったのだろうか。

元々奇行《きこう》が多い方だったが、神託だのと言い出すとは……。

私以外の人も含《ふく》む、教団員達による可哀想《かわいそう》な人を見る視線を浴びながら、ゼスタ様は興奮したように両手を掲《かか》げ。

「アクア様の聖なる電波を受信した！　皆、聞くが良い！　アクア様が！　ここより離《はな》れた場所より、アクア様が困っておられる電波が届いた！」

そんな、聞き捨てならない事を言い出した。

「アクア様が!?」

「ゼスタ様。通常ならばどんな頭の悪い事を口走っても聞き流していたところですが、アクア様をダシに使った冗談《じょうだん》は笑えませんよ？」

教団員が不審《ふしん》な視線を送る中、ゼスタ様は熱に浮《う》かされた様な表情を浮かべ。

「『私はアクア。そう、アクシズ教団の崇《あが》めるご神体、女神《めがみ》アクアよ！　汝《なんじ》、もし私の信者ならば……！　……お金を貸してくれると助かります』……これは、アクセルの街の方角か⁉　かの地から、そんな聖なる電波を受信したのだ！」

その目に強い光を湛《たた》えたまま、ゼスタ様がキッパリと言い切った。

ゼスタ様は、普段《ふだん》はどうしようもない方だが、一応は敬虔《けいけん》なアクシズ教徒。

この街のアクシズ教徒達も、そのアクア様への信仰心《しんこう》だけは認めている。

他《ほか》の事ならともかく、アクア様に関してだけは、貶《おとし》める様な嘘《うそ》をつくはずはない。

アクセルといえば、めぐみんさんが向かった街。

……天啓《てんけい》だ。

「どういった状況《じょうきょう》かは分からないが、アクア様がお金を欲《ほっ》しているのは間違《まちが》いない様だ。アクセルの街に何が起こるのかは分からない。が、かの地に何らかの危機が訪《おとず》れるのだろう……」

これはアクア様からの天啓だ。

そう、アクア様のお言葉の中に、こんなものがある。

『汝、何かの事で悩《なや》むなら、今を楽しく生きなさい。楽な方へと流されなさい』

「そこで。アクセルの街の様子を見に、人を派遣《はけん》しようかと思います」

『自分を抑《おさ》えず、本能のおもむくままに進みなさい』……と。

ゼスタ様が、居並ぶアクシズ教徒を見回すのと。

「誰《だれ》か、アクセルの街へ行く者は――」

私が手を挙げるのは、ほぼ同時だった。

――アクア様。私、感謝します！

エピローグ

アクセルの街のとある宿。

悪魔《あくま》を撃退《げきたい》したお礼にと、あの商隊のリーダーさんが、部屋を用意してくれた。

疲《つか》れた体を引きずり、用意してくれた部屋にフラフラと入った私は、そのままベッドの上に身を投げた。

……眠《ねむ》い。

魔力《まりょく》切れの状態は酷《ひど》く体がだるく、そして急激に眠くなる。

まあ、この眠さは魔力切れだけではないのだろうけど。

思えば、紅魔《こうま》の里を出てから実に色んな事があった。

私が長く暮らしてきた、里での生活は何だったのだろう。

外の世界では、非日常的な事が多過ぎる。

本当に、この短期間でエライ目に遭《あ》った。

……とはいえ、ちょっとだけ。良い思い出というか、まあ、変わった人達との出会いもあったのだが——

寝転《ねころ》がる私の背中を何者かが踏《ふ》んづけていく感触《かんしょく》。

ふてぶてしい我が使い魔が、主人が弱っている隙《すき》に調子に乗っているのだろう。

私は素早《すばや》く身を起こすと、背中の上に乗っていたちょむすけを捕《つか》まえ、ベッドの中に引きずり込んだ。

と、その拍子《ひょうし》に、ベッドの上に投げ出した、荷物が入った鞄《かばん》の中身がこぼれ出る。

その中に見覚えのある一冊の絵本を見つけ、私は仰向《あおむ》けになりながら、何となくそれを手に取った。


――それはとても有名な、遠い昔の物語。


あるところに、天才と呼ばれる少年がおりました。

その少年は、ほんのちょっと戦うだけで、あっという間に強くなる、不思議な力を持っていました。

冒険者《ぼうけん》達はその少年に憧《あこが》れると同時に、恐《おそ》れもしました。

少年はずっと一人ぼっちです。

そんな中。

物怖《ものお》じしない、ある冒険者グループが、パーティーを組もうと申し出ました。

ですがその少年は言いました。

『チートがあれば仲間なんて必要ない、ソロでオッケー、稼《かせ》ぎも全部俺のもんだしソロ最高！』と。

確かにその少年には、ソロパーティーでも十分にやっていける力がありました。

少年はとても強く、たった一人で次々と魔王《まおう》の手先を倒《たお》していきます。

少年とまともに戦っては勝ち目がないと、追い詰《つ》められた魔王は考えました。

少年を倒すにはどうすればいいのだろう？

魔王は、少年がいつもソロ活動をしている事に気が付きます。

魔王の城に攻め込んできた少年と相対した、魔王の幹部が言いました。

『勇者がぼっちだとか超《ちょう》ウケる！　普通《ふつう》、仲間と共に力を合わせ、困難を乗り越《こ》えて魔王を倒すってのがセオリーだろ！　お前友達すらいないのに、一体何のために、誰のために戦ってんの？　もう魔王軍に降《くだ》っちゃえよ。こっちには綺麗《きれい》どころが沢山《たくさん》いるぞ？』

魔王の幹部が、答えが出たらまた来るがいいと告げると、少年は大人しく帰っていきました。

やがて少年は、再び魔王の城に攻め込みます。

そして魔王の幹部と相対すると言いました。

『俺はぼっちじゃなく、孤高《ここう》のソロプレイヤーだ。友達も、いないんじゃなく作らないんだ。仲間なんて作っても足手まといになるのは分かってる。……それに、何が綺麗どころが沢山いる、だ。俺はそんな甘言には騙《だま》されない！　魔王との取引なんて、どうせ最悪な落ちが待ってるんだろう？　俺は、人類の平和のために戦っているんだ!!　お前なんかに用はない、俺の目的は魔王の首だ！　見逃《みのが》してやる、とっとと失《う》せろ！』

そうキッパリと告げ指を突《つ》き付けてくる少年に、魔王の幹部は言いました。

『そのセリフも、一週間も悩んでから言わなきゃ、まだ格好良かったのに』

——魔王の幹部は見逃してもらえませんでした。

猛《たけ》り狂った少年は、そのまま一人で魔王の城の最奥を目指しました。

少年は、もはや誰にも止める事はできません。

やがて少年は、魔王の前に辿《たど》り着きます。

昔から、勇者と魔王の対決は、一対一でやるものだと決まっています。

ですが、そこには……。

たとえルール違反《いはん》だとしても一歩も譲《ゆず》らず、そして、過去最強の勇者が相手でも逃《に》げようとしない、魔王を守ろうとする配下達がひしめいていました。

——私は絵本を閉じると、鞄の奥に大事にしまった。

天才と呼ばれ、ずっと一人で戦い続けた少年は、私の様にライバルはいなかったのだろうか。

生意気な口を利《き》いてくるが、それでも愛くるしい妹だとか、そんな家族はいなかったのだろうか？

——それは誰《だれ》もが知っている、やがて魔王と呼ばれる様になった少年の物語。

訪《おとず》れた心地《ここち》良い睡魔《すいま》に逆らわず、私はそのまま目を閉じた。

この街では、探し求める様な良い仲間に巡《めぐ》り会えるだろうか。

巡り会えるとしたら、それはどんな仲間だろう。

もしも叶《かな》うのなら……。

少年を怖《こわ》がらずに声をかけた、あのパーティーの様な人達と——

セシリー　ゼスタ

アーネス

アクア　佐藤和真

SPECIAL THANKS

御剣響夜

紅魔の里の皆さん

アルカンレティアの
街の皆さん

アクシズ教徒の皆さん

エリス教徒の皆さん

馬車の乗客の皆さん

馬車の護衛の
冒険者の皆さん

―完―

この素晴らしい世界に祝福を！
「小説家になろう」で話題沸騰の異世界コメディがついに書籍化！
暁なつめ
illustration 三嶋くろね
シリーズ絶賛発売中！
ゲームを愛する引き篭もり少年・佐藤和真は女神を道連れに異世界転生。ここからカズマの異世界大冒険が始まる……と思いきや、衣食住を得るための労働が始まる。平穏に暮らしたいカズマだが、女神が次々に問題を起こし、ついには魔王軍に目をつけられ!?
スニーカー文庫

角川文庫発刊に際して

角川源義

第二次世界大戦の敗北は、軍事力の敗北であった以上に、私たちの若い文化力の敗退であった。私たちの文化が戦争に対して如何に無力であり、単なるあだ花に過ぎなかったかを、私たちは身を以て体験し痛感した。西洋近代文化の摂取にとって、明治以後八十年の歳月は決して短かすぎたとは言えない。にもかかわらず、近代文化の伝統を確立し、自由な批判と柔軟な良識に富む文化層として自らを形成することに私たちは失敗して来た。そしてこれは、各層への文化の普及滲透を任務とする出版人の責任でもあった。

一九四五年以来、私たちは再び振出しに戻り、第一歩から踏み出すことを余儀なくされた。これは大きな不幸ではあるが、反面、これまでの混沌・未熟・歪曲の中にあった我が国の文化に秩序と確たる基礎を齎らすためには絶好の機会でもある。角川書店は、このような祖国の文化的危機にあたり、微力をも顧みず再建の礎石たるべき抱負と決意とをもって出発したが、ここに創立以来の念願を果すべく角川文庫を発刊する。これまで刊行されたあらゆる全集叢書文庫類の長所と短所とを検討し、古今東西の不朽の典籍を、良心的編集のもとに、廉価に、そして書架にふさわしい美本として、多くのひとびとに提供しようとする。しかし私たちは徒らに百科全書的な知識のジレッタントを作ることを目的とせず、あくまで祖国の文化に秩序と再建への道を示し、この文庫を角川書店の栄ある事業として、今後永久に継続発展せしめ、学芸と教養との殿堂として大成せんことを期したい。多くの読書子の愛情ある忠言と支持とによって、この希望と抱負とを完遂せしめられんことを願う。

一九四九年五月三日

この素晴《すば》らしい世界《せかい》に祝福《しゅくふく》を！スピンオフ

この素晴《すば》らしい世界《せかい》に爆焔《ばくえん》を！2
ゆんゆんのターン

著　暁《あかつき》 なつめ

角川スニーカー文庫　18882

2014年12月1日　初版発行
2016年5月25日　9版発行

発行者　三坂泰二
発　行　株式会社KADOKAWA
〒102-8177 東京都千代田区富士見2-13-3
電話　03-3238-8521(カスタマーサポート)
http://www.kadokawa.co.jp/

印刷所　株式会社暁印刷
製本所　株式会社ビルディング・ブックセンター

Printed in Japan　ISBN 978-4-04-102438-6　C0193

★ご意見、ご感想をお送りください★
〒102-8078 東京都千代田区富士見 1-8-19
株式会社KADOKAWA　角川スニーカー文庫編集部気付
「暁 なつめ」先生
「三嶋くろね」先生

本作はザ・スニーカーWEB掲載「この素晴らしい世界に爆焔を！」を
改題・改稿し、書きおろしを加えて文庫化したものです。

STAFF

原作／暁 なつめ

ご近所さんから、昼間からうろうろしている不審人物と思われている、
自称作家こと暁なつめです。あとがきという事で、他の作家さん達の様に
作品の説明の一つでもやりたいところなのですが、
当作品の読者さんの場合、そんな事より面白い芸の一つも見せろと
言われそうなのでやりません。ページも無いですしね!
というわけで今巻も、本の制作に携わってくださった全ての皆様と、
そして手に取ってくださった読者様に、心からの感謝を!

イラスト／三嶋くろね

なんだかんだいいつつも、
お互いの事が大好きなめぐみんとゆんゆんがたまりません……!
良いライバルだなあ!

本文記事

あるえ

装丁

百足屋ユウコ＋ナカムラナナフシ
（ムシカゴグラフィクス）

編集

角川スニーカー文庫編集部

CAST

めぐみん　ゆんゆん　こめっこ　ちょむすけ

あるえ　どどんこ　ふにふら

ちぇけら　ぶっころりー

新妹魔王の契約者《テスタメント》
THE TESTAMENT OF SISTER NEW DEVIL
上栖綴人
イラスト／大熊猫介（ニトロプラス）
最強契約者のディザイア・アクション!!
高校生の東城刃更に突然できた二人の妹——澪と万理亜の正体は、新米な魔王とサキュバスだった!? しかも二人の仕掛けた主従契約が失敗したことで、逆にマスターになってしまった刃更は、次々とHな目に襲われることに。そんな中、澪を狙う勢力が静かに動きだしていて!?
シリーズ絶賛発売中!
スニーカー文庫

新米隊長のミッションは
Hな"改装《ハイブリッド》"!?
久慈マサムネ
イラスト◆Hisasi
メカデザイン◆黒銀
魔装学園H《ハイブリッド》×H《ハート》
Hybrid×Heart Magias Academy Ataraxia
戦略防衛学園アタラクシアにやって来た飛弾傷無は、魔導装甲を着て異世界の敵と戦う女の子・千鳥ヶ淵愛音と出会う。でも、敵の攻撃で愛音がピンチを迎え、傷無に重大任務が下される。その内容は――愛音の胸を揉みしだくこと!?
実は傷無にはHな行為で女の子を"改装"=パワーアップする力があって、その力に異世界との戦いの未来がかかっていた!
シリーズ絶賛発売中!
スニーカー文庫

俺の脳内選択肢が、学園ラブコメを全力で邪魔している
どっちも選びたくない!?
究極の"絶対選択"ラブコメ!!
春日部タケル
イラスト／ユキヲ
シリーズ絶賛発売中！
選べ
①美少女が落ちてくる　②自分が空から落ちる
呪われた甘草奏の力「絶対選択肢」。突然脳内に現れる変な選択肢のせいで金髪美少女が降ってきたり、学園ではラブコメが邪魔される!?　誰か俺の残念学園生活を終わらせてくれ！

『メインヒロイン』を
探し出せなければ
人生《ゲエム》が終わる《オーバー》！
これは、究極に理不尽な遊戯──
エンド・リ・エンド
END RE END
耳目口司 ill ヤス
Tsukasa Nimeguchi
自称悪魔のハムスターに導かれ、異世界転生を果たした御代田侑。そこは美少女の幼馴染みや義妹、転校生、先輩とのフラグが立ちまくるリア充世界だったが、再び現れた悪魔の言葉がすべてを変える──「お忘れデスか、これは悪魔のギャルゲーなんデスよ！」数多の女の子の中から『メインヒロイン』を探し出す、究極の騙し合い遊戯がスタート！
シリーズ好評発売中!!
スニーカー文庫